아메리카행 이민선

아메리카행 이민선

로버트 루이스 스티븐슨
윤사라 옮김

꾸리에

차 례

로버트 앨런 모우브레이*에게

　우리의 우정은 우리가 피를 나눈 공동체에 의해 태어나기 전에 바탕을 두고 있을 뿐만 아니라 내가 살아온 세월만큼이나 오래되었지. 고릿적부터 시작된 우리의 우정은 마치 하나의 역사처럼 현재까지도 쭉 이어지고 있네. 그토록 연이 깊은 우리는 세상에선 연배가 높지 않을지라도 서로에겐 연배가 깊지. 지금 아득히 멀리 떨어져 있는 우리 앞에는 망망대해와 대륙이 가로막고 있다네. 하지만 기억이란 것은 번뇌와도 같아서 강철로 만든 배에도 올라타고 말을 탄 사람의 등 뒤에 엎혀서 쏜살같이 달려가기도 한다네. 시간도 공간도 원한도 옛정을 갈라놓을 수는 없는 법이야. 자네에게만이 아니라 고국에 있는 모든 이들에게 마음의 인사를 전하며 이 글을 바치네.

1879년 로버트 루이스 스티븐슨

*Robert Alan Mowbray Stevenson(1847~1900). 미술평론가로 로버트 루이스 스티븐슨의 사촌이다.

1부

아메리카행 이민선

2등실

동료 승객들과 처음으로 맞닥뜨린 곳은 글래스고의 브루미로*에서였다. 그곳에서부터 우리는 상당히 어색한 기분으로 클라이드**에 내릴 때까지 마치 적일지도 모른다는 듯 곁눈질로 서로를 흘끔흘끔 쳐다보았다. 이미 북해에서 안면을 튼 스칸디나비아인 몇몇은 긴 파이프를 물고 스스럼없이 입담을 늘어놓고 있었다. 하지만 영어를 쓰는 사람들 사이에서는 거리감과 미심쩍은 시선이 팽배했다. 이내 구름이 태양을 뒤덮고 바람이 점점 거세어지는 사이 우리는 널찍한 강어귀로 내려가기 시작했다. 기온이 떨어지면서 승객들 사이에 침울한 기색이 커져갔다. 여자 둘이 눈물

*스코틀랜드 글래스고 시의 주요 도로.
**스코틀랜드 남서부의 만灣.

을 흘렸다. 배에 탄 사람이라면 누구나 우리 모두 법을 어기고 몰래 종적을 감추는 거라 추측했을 것이다. 서로 거의 한마디도 나누지 않았으며, 아무런 정서적인 교감도 없이 오로지 추위만이 우리를 하나로 묶고 있었다. 이윽고 드디어 그리녹항*에 잠시 기항했다. 활대를 펼치고 우현하여 돌진하면서 우리가 탄 증기선이 목전에 다가갔음을 알렸다. 배는 강 중류에 있는 테일 오브 뱅크**에 깃발을 휘날리며 정박했다. 상갑판의 방파벽, 즐비하게 늘어선 흰 갑판실들, 숲을 이루며 높이 솟은 돛대와 활대들은 교회당보다 더 컸으며, 곧 우리를 품기로 되어 있는 육지의 여러 마을만큼이나 사람들로 붐빌 터였다.

사실 나는 3등실 승객이 아니었다. 타국으로 이민 가는 최악의 실상을 꼭 보고 싶긴 했지만, 그 항해에서 마쳐야 할 작업이 좀 있는 데다 2등실로 가라는 조언을 들은 터였다. 2등실에서는 적어도 마음대로 쓸 수 있는 탁자를 가질 수 있을 거라며 말이다. 조언은 훌륭했다. 하지만 그러한 선택을 하기 위해서는 배의 내부 배치에 대해 어느 정도 먼저 알아

*스코틀랜드 서남부, 클라이드만灣에 면한 항구 도시. 원래는 작은 어촌에 불과하였으나, 18세기 초부터 미국·서인도제도와의 무역이 급속히 발전함에 따라 상항商港으로 번영하였다.
**그리녹항에 면한 정박지 명칭.

두는 게 필요하다. 뱃머리에는 3등실 1호가 있었는데 계단을 두 층 내려간다. 3등실 2호와 3호라는 방 번호가 붙은 배의 후미에는 또 하나의 갑판 덮개문이 있어서 세 군데의 선미 전망대로 갈 수 있었다. 전망대 두 곳은 3등실 1호 쪽으로 이어져 있었으며, 세 번째는 엔진 쪽 후미에 있었다. 선미 전망대 우측에 2등실이 있었다. 엔진 후미 쪽과 고급선원들의 선실 밑에서 조금 떨어진 곳에 4호와 5호라는 방 번호가 붙은 세 번째 3등실이 있었다. 이로써 우리가 탄 선박에 대한 조사를 마쳤다. 자, 다시 2등실로 돌아가 보자. 2등실은 3등실들 한복판에 변형된 오아시스처럼 있었다. 얇은 칸막이 사이로 3등실 승객들이 뱃멀미로 끙끙 앓는 소리, 앉아서 밥 먹을 때 양철 접시를 달가닥거리는 소리, 다양한 억양으로 대화를 나누는 소리, 새로운 경험에 겁먹은 아이들이 빽빽 울어대는 소리나 혼내주려고 부모가 손바닥으로 찰싹찰싹 때리는 소리를 들을 수 있었다.

그렇지만 이 좁고 기다란 구역의 거주자에게는 이점이 많이 있었다. 이불이나 그릇을 직접 가져올 필요가 없었으며, 다소 조잡하긴 하지만 침대와 탁자가 완벽하게 구비되어 있었다. 식단에서도 확실히 우위를 누릴 수 있었다. 좀 이상한 얘기지만, 식단은 배에 따라 다를 뿐만 아니라 같은 배에서도 선미가 동쪽이냐 서쪽이냐에 따라 다르다. 내 경험에 비추어 볼 때, 2등실 밥상과 3등실 승객 밥상 사이의 주된 차이점은 밥상 자체와 우리가 먹는 도자기 그릇에 있었다. 내가 감사할 줄 모르는 승객이라는 점을 보여주지 않기 위해 온갖 이점만 다시 한번 설명하겠다. 아침밥을 먹을 때 우리는 음료로 차와 커피 중 하나를 선택할 수 있었다. 쉽지 않은 선택이었다. 그 둘이 놀랍도록 비슷했기 때문이다. 나는 커피를 마신 뒤에도 잠을 잘 수 있고, 차를 마신 뒤에도 깨어있을 수 있다는 사실을 알았다. 이는 화학적 불일치에 대한 결정적인 증거였다. 심지어 입천장만 대어도 이전 사람이 피운 코담배 냄새와 그다음 사람이 접시를 닦은 행주 냄새를 가려낼 수 있었다. 실제로 나는 차나 커피를 여러 차례 홀짝이며 마신 뒤에도 여전히 자신들이 주문한 것이 맞게 제공되었는지 미심쩍어하는 승객들을 보았다. 동일한 밥상에서도 우리는 근사한 음식을 맛볼 수 있었다. 모두에게 공통적으로 나오는 포리지* 외에도 아이리시 스튜**가 나오기도 했으며 어떤 때는 생선 토막, 또 어떤 때는 리솔***이 나

*오트밀 등을 물이나 밀크로 걸쭉하게 쑨 죽.
**고기와 채소를 넣고 찌개처럼 끓인 것.
***파이 껍질에 고기나 생선 등을 다져 넣어 뭉쳐서 튀긴 프랑스 요리.

오기도 했다. 저녁식사로는 수프와 구운 쇠고기, 소금에 절인 고기, 감자를 먹었는데 내 생각에는 3등실이나 2등실이나 똑같은 것 같았다. 다만 우리가 먹는 감자가 훨씬 더 품질이 좋다는 소문만 들었을 뿐이다. 그리고 일주일에 두 번 푸딩을 먹는 날에는 자루에 밀가루를 넣어 찐 굳은 푸딩 대신 건포도를 잔뜩 넣고 찐 일명 "건포도 푸딩"이 나왔다. 오후에 차를 마시는 시간에는 1등실에 대접하다 남은 잘게 다진 고기가 조금 나오기도 했으며, 때로는 비교적 우아한 형태로 된 여분의 파이나 리솔도 있었다. 하지만 대체로 닭뼈나 생선 토막 같은 것들로 뜨겁지도 차갑지도 않았다. 만약 접시에 한데 긁어모으지 않았다면 외관만 보고는 당최 뭔지 알아볼 수 없었을 것이다. 그렇지만 우리는 자존심을 내세우기에는 몹시 허기졌기에 이러한 잔반에도 게걸스럽게 달려들었다. 항해하는 내내 나의 전체적인 식단을 이루었던 빵은 훌륭했으며 수프와 포리지도 괜찮았다. 그래서 잘게 다진 고기와 탁자의 편리함을 제외하면 나로서는 3등실에 있는 편이 명백하게 더 나았을 것이다. 저녁에 다시 포리지만 나왔어도 식단이 대단히 만족스러웠을 텐데 그 점이 좀 아쉬웠다. 그래서 잠자리에 들기 전 비스킷 몇 조각과 위스키와 물을 몇 모금 마셔서 몸과 마음을 기분 좋게 유지했다.

3등실 승객에게서 보다 2등실 승객에게서 눈에 띄게 두드러지는 특징 마지막 한 가지는 전적으로 기분에 있었다. 3등실에는 남자들과 여자들이 있었으며, 2등실에는 신사들과 숙녀들이 있었다. 배에 타고 나서 얼마 동안 나는 내가 필부에 불과하다고 생각했다. 그러나 항해를 하는 동안 갑판 사이의 객실 문에 붙은 놋쇠 문패를 맞닥뜨리고는 내가 여전히 신사라는 사실을 알게 되었다. 물론 아무도 내가 신사라는 사실을 알지 못했다. 나는 등급이 낮은 남자들과 여자들 속에 휩쓸려 보이지 않게 되었으며, 3등실 갑판에만 철저하게 갇혀 지냈다. 내 방의 위치가 3등실 2호와 3호의 좌현 쪽인지 우현 쪽인지 누가 알겠는가? 그리고 나의 우월함이 실제로 효과를 발휘하는 것은 바로 그곳에서만이었다. 다른 모든 곳에서는 익명이었으며, 나보다 등급이 낮은 사람들 사이에서 유유자적하며 걸어 다닐 때는 내가 결국엔 차에 고기를 몇 조각 얹어 먹는 신사임을 알리며 으스대는 사람에 불과했다. 여전히 나는 고향에서 서랍 속에 귀족 증서를 갖고 있는 사람이나 마찬가지였으며, 의기소침할 때면 내려가서 놋쇠 문패를 바라보며 기운을 되찾곤 했다.

이러한 모든 이점들에도 불구하고 나는 딱 2기니만 더 지불했다. 3등실 요금은 6기니였으며, 2등실은 8기니였다.

그리고 아까 말했다시피 3등실 승객은 이불과 그릇을 가져와야 하며, 열에 다섯 정도는 맛 좋은 음식을 가져오거나 남자 객실 승무원에게 여분의 배급량에 대한 금액을 은밀히 지불해야 하기에 가격 차이는 거의 몇 푼 안 된다. 상대적으로 숨쉬기 적당한 공기와 비교적 다양한 종류의 음식, 또 여전히 은밀하게 즐기는 신사라는 만족감은 이런 식으로 거의 거저 얻을 수 있었다. 2등실에 있던 동료 승객 둘은 예전에 더 싼 요금으로 항해한 적이 있었는데, 또다시 반복하고 싶지 않은 실험이라고 선을 그었다. 3등실 친구들에 관한 이야기를 계속하면 독자 여러분은 그들만 그런 생각을 하는 게 아니라는 것을 알아챌 것이다. 내가 어느 정도 친하게 지냈던 열 명 중 적어도 다섯 명 이상이 다시 돌아간다면 맹세코 2등실에서 여행하리라 확신한다. 또 고국에 아내를 두고 떠나온 남자들 모두가 내게 아내를 1등실로 데려갈 여력이 생기기 전까지는 아내라는 존재가 주는 위안 없이도 견딜 수 있다고 장담했다.

2등실에 있는 우리 일행이 배에 탑승한 이들 중 제일 흥미로운 인물들은 아니었을 것이다. 어쩌면 1등실에도 그만큼 호의적인 인물들이 있었을 것이다. 그럼에도 신기한 구석이 좀 있었다. 스웨덴 사람들, 덴마크 사람들, 노르웨이 사람들 일행이 뒤섞여 있었는데 그중 한 사람은 <u>스스로</u> 항의 했음에도 불구하고 일반적으로 "조니"라는 이름으로 알려 져 있었다. 그가 국적을 뛰어넘어 영어로 말하려고 애쓰는 모습은 우리를 대단히 즐겁게 해주었으며, 그 모습에 힘입 어 폭넓은 인기를 끌게 되었다. 선상의 세계에서 인기를 얻 는 데는 별로 시간이 걸리지 않는다. 그 외에 스코틀랜드인 석공이 한 명 있었는데 그는 자신이 제일 좋아하는 음식인 "아이리시 스튜"로 불렸으며, 별 특징 없는 스코틀랜드인 서 너 명과 오라일리라고 불리는 잘생긴 아일랜드 청년도 한 명 있었고, 젊은 남자 한 쌍은 특히 비난의 말을 들을 만했 다. 그중 한 명은 스코틀랜드인이었다. 다른 한 명은 미국인 이라고 주장했는데, 몇 가지 질문을 교묘하게 받아넘긴 뒤 잉글랜드에서 태어났다는 사실을 시인하더니 결국에 가서 는 아일랜드에서 태어나고 자랐다는 사실이 입증되었으나 자신의 조국을 수치스러워했다. 그는 배에 누님과 같이 탔 는데 항해하는 내내 누님을 철저히 방치했다. 멀미를 했을 뿐만 아니라 나이도 훨씬 많았으며 어릴 적에 그를 돌봐주 고 키워주었던 누님이었다. 외관상으로 보면 그는 프랑스 의 앙리 3세처럼 꼭 백치 같았다. 스코틀랜드인은 얼간이일 지는 몰라도 동정심이 없는 사람은 아니었다. 내가 그들을 같이 묶어서 다루는 이유는 단지 그들이 금세 가까워진 친구이기 때문이며, 식탁에서 똑같이 자기 얼굴에 먹칠을 하는 짓을 했기 때문이다.

자, 이제 좀 더 화기애애한 주제로 눈을 돌려보자. 서로에게 흠뻑 빠진 깨소금 쏟아지는 신혼부부가 한 쌍 있었다. 그들은 몇 년 전에 대학 예비학교에서 서로 어떻게 처음 만났으며, 게다가 바로 그날 오후 그가 어떻게 그녀의 책들을 집으로 들어다 주었는지에 관한 즐거운 이야기를 들려주었다. 이런 이야기가 남부 지방 독자들에게는 뻔한 이야기로 들릴지도 모르겠다. 하지만 내게는 학창시절의 낭만을 떠올리게 했다. 8~9명의 촌놈들이 질투에 눈이 멀어 얼굴이 벌게져서는 서로 다리를 쩍 벌리고 서서 험악하게 대치하는 모습 말이다. 아가씨의 책을 집으로 들어다 주는 것은 자상한 배려와 특권이었기 때문이다.

노부인도 한 명 있었는데, 딱히 그녀가 노부인이라고 불릴 정도로 노령인지 또 3등실에 안 어울리는지는 잘 모르겠다. 그녀는 남편을 떠나와 캔자스까지 홀로 그 먼 길을 여행하고 있었다. 우리는 그녀가 자신의 입으로 직접 결혼했다고 하는 말을 곧이곧대로 받아들여야 했다. 겉모습이 증거하는 바와 심하게 모순되었기 때문이다. 자연은 그녀가 독신 상태가 맞다고 인정하는 것으로 보였다. 심지어 머리칼 빛깔조차도 기혼자라는 사실과 양립할 수 없었으며, 남편은 성자의 정신과 유령의 육체로 존재하는 남자여야 할 것 같다는 생각이 들었다. 그녀는 아프고 가련한 존재였다. 그녀의 영혼은 음식을 외면했으며, 더러운 식탁보는 부정한 행위처럼 그녀에게 충격을 주었다. 그리고 그녀는 뉴욕에 도착할 때까지 시계를 정확히 글래스고의 시간에 맞추는 데 혼신의 힘을 기울이고 있었다.

사람들은 그녀의 남편과 그녀가 있는 두 도시 사이에 정당하다고 인정하기 어려운 시차가 있다고 들었다. 그리고 갸륵하게도 학구적인 정신으로 똘똘 무장해서 그것을 시험할 기회로 삼았다. 노부인에게는 잘된 일이었다. 그녀는 많은 여가 시간을 시계를 연구하며 보내고 있었기 때문이다. 한번은 멀미 때문에 몸을 가누지 못하고 있을 때 그녀는 시계를 정지시켰다. 그녀의 순진한 마음에는 시곗바늘이 절대 뒤로 돌려져서는 안 된다고 철석같이 각인되어 있었다. 그래서 시곗바늘을 다시 작동시키기에 앞서 정확한 순간을 누워서 기다려야 하는 것이 옳다고 생각했다. 대략 제시간이 되었을 거라고 생각했을 때 그녀는 2등실에 있는 스코틀랜드 청년 중 한 명을 찾아갔다. 그는 그녀와 동일한 실험에 착수했었으며 여태까지 별로 태만하지 않았었다. 그녀는 두시 정각을 탐색하고 있었다. 그리고 클라이드 해안이 벌써 일곱 시라는 사실을 알았을 때 목소리를 높이며 "와, 대박!"이라고 외쳤다. 나는 어렸을 때 이후로는 그런 천진난만한 감탄사를 들은 적이 없었다. 함께 있던 다른 스코틀랜드인들도 마찬가지였을 거라고 생각한다. 우리 모두 배꼽이 빠져라 웃었기 때문이다.

끝으로, 앞서 말한 사람들과 마찬가지로 주목할 만한 사람으로 내 멋진 친구 존스 씨를 들 수 있겠다. 항해 중에 내가 그의 오른팔이었는지 아니면 그가 나의 오른팔이었는지 여부는 잘 모르겠다. 어쨌든 탁자에서 내가 고깃덩어리를 먹기 좋게 자르는 동안 그는 소스만 떴다. 음악회에서 그는 이내 사람들을 불러내어 노래 부르기를 청하는 사회자가 되었으며, 나는 그가 시킨 대로 지나치게 수줍어하는 사람들에게 은밀히 간청하는 심부름꾼일 뿐이었다. 존스 씨를 본 그 순간부터 내가 그를 좋아했다는 것을 나는 잘 알고 있다. 얼굴을 보고는 스코틀랜드인일 거라고 생각했다. 억양 또한 나에게 진실을 깨닫게 해줄 수 없기는 마찬가지였다. 지중해 연안을 오가는 소형 돛배라든가 항구에서 쓰는 이탈리아어와 프랑스어, 그리스어, 스페인어가 혼합된 특유의 말투에다 영어를 구사하는 선원들 사이의 보편적이면서도 표준 억양에 얽매이지 않는 억양이 있었기 때문이다. 선원들은 뉴잉글랜드 항구에서 표준 억양과 다른 비음 섞인 억양을 습득했다. 런던 본토박이 사투리를 쓰는 작은 어선의 선장에게서 말이다. 심지어 스코틀랜드인에게서는 가끔 에이치h 발음을 빼먹는 법도 배웠다. 방언은 앞갑판 밑에 있는 선원실의 선원들에게서 주워들었다. 그 결과 수시로 도대체 알아들을 수가 없었기에 우리는 출생지가 어디인지 꼭 물어봐야 한다. 존스 씨 역시 마찬가지였다. 나는 그가 오랫동안 선원 생활을 해온 스코틀랜드인일 거라고 생각했다. 그런데 웨일스 출신이었으며, 생애 대부분을 내륙의 대장간에서 일한 대장장이였다. 아메리카에서 몇 년 보내고 10여년을 대양에서 항해하다 보니 보통 말투로 바뀐 것이었다. 본인 말에 따르면, 그는 직업상의 실력과 능력을 모두 갖추고 있었다. 몇 년 전에 결혼생활을 했었고 어느 정도 돈도 모았었다. 이제 아내는 죽었고 돈은 다 떨어졌다. 하지만 그는 천성이 미래지향적이었으며, 해를 거듭할수록 극단적인 곤경에 처하면서도 낙담하지 않았다. 만약 내일 하늘이 무너진다면 나는 존스를 찾아갈 것이고 그날이 오면 사다리 위에 걸터앉아 적당하게 결말을 맞이할 것이다. 그는 언제나 꽃에 날아드는 벌처럼 발명품 주위에서 어슬렁거리며 특허권을 꿈꾸며 살았다. 예를 들어, 몇 년 전에 미국인 도붓장수에게서 5달러를 주고 산 특허 성분이 있는 의약품이 있었는데 일전에 그것을 (내 생각에는) 영국인 약재상에게 100파운드에 팔았다. "황금기름"이라 불리는 만병통치약이었다. 나도 좋은 결과를 만들어내는 데 한몫 거들었다는 점을 꼭 밝히는 바이다. 그 자신도 끊임없이 "황금기름"을 복용했을 뿐만 아니라 누가 두통이 있다거나 손가락을 베었다고 하면 그곳에는 늘 기름병을 든 존스가 있었다.

그가 다른 어떤 것보다 더욱 강력한 취향을 한 가지 가진 게 있다면, 그것은 사람들의 성격을 탐구하는 것이었다. 여러 시간 동안 우리 둘이 이웃들을 낱낱이 분석하며 갑판을 돌아다닌 것은 순수하게 학구적인 정신에 기인한 것이지 몰인정해서 그런 게 결코 아니었다. 대화 중 어떤 기이한 인간의 특성이 무심코 튀어나올 때마다 여러분은 존스와 내가 서로 눈짓을 주고받는 모습을 볼 수 있었을 것이다. 그러면 우리는 그날의 경험을 서로 언급하고 토론하고 나서야 비로소 편안하게 잠자리에 들 수 있었다. 그때 우리는 그날 잡은 물고기를 비교하는 한 쌍의 낚시꾼 같았다. 하지만 우리가 낚은 물고기는 형이상학적인 종이었으며, 우리는 대개 서로의 낚시바구니에서 낚았다. 한번은 진지한 이야기를 나누던 도중 서로가 서로를 뚫어지게 보고 있다는 사실을 알았다. 나는 이러한 이중 탐지에 당황한 나머지 그만 눈길을 거두었다. 하지만 존스는 더욱 공손한 눈빛으로 아무 일도 없다는 듯 한바탕 웃음을 터뜨리면서 우리 둘은 참으로 잘 어울리는 한 쌍이라고 선언했다.

첫인상

우리는 목요일 밤에 클라이드에서 출항해 금요일 오전 일찍 아일랜드의 포일호湖에서 이주민 한 무리를 마지막으로 태우고는 유럽에 작별을 고했다. 이제 전원 다 채워졌으며, 사람들은 불가해한 자석처럼 갑판으로 한데 모여들기 시작했다. 스코틀랜드인과 아일랜드인이 제일 많았고, 영국인 몇 명, 미국인 몇 명, 소수의 스칸디나비아인과 독일인 한두 명, 러시아인 한 명이었다. 이제 모두는 열흘간 심해의 한 작은 "강철의 나라"의 일원이 되었다.

갑판을 걸어 다니며 동료 승객들을 둘러보면서 나는 처음으로 이민의 본질을 이해하기 시작했다. 신기하게도 북유럽의 구색을 다 갖추고 있었다. 항해하는 내내 날마다, 또 온갖 지역을 가로지르고 태평양 연안 쪽으로 가면서 이러한 사실이 점점 더 명확해지자 우울해졌다. 대단히 즐거운 의미에서 온 이민이라는 단어가 내 귓가에는 세상에서 제일 음울한 소리로 들렸다. "이민"을 마음속으로 그려보는 것보다 더 기분 좋은 것도, "이민"을 바라보는 것보다 더 애처로운 것도 없을 것이다. 고향에서 상상하듯 추상적으로 생각하면 희망이 넘치고 새로운 경험들로 가득 찰 것이다. 우리는 젊은이가 속박과 도움의 손길을 경멸하며 자신의 손으로 직접 싸우기 위하여 위대한 삶의 전투에 나간다고 생각한다. 야심 찬 젊은이가 온갖 난관을 극복하여 궁극적으로 성공을 거둔다는 대단히 유쾌한 이야기는 위대한 자기계발 서사의 에피소드일 뿐이다. 서사는 개별적인 영웅적 행위들로 구성되어 있다. 즉, 단 한 대의 대포도 사용하지 못하게 포문을 막은 개인의 용감한 행위가 제국을 무릎 꿇게 만듦으로써 전쟁을 승리로 이끌어 훈장으로 충분히 보상받은 것을 대변한다. 이민 시에 젊은이들은 배 한 척분의 일이라는 자산을 곧장 싣기 때문에 갑판장의 호각소리에 텅 빈 대륙은 부지런한 일손들로 북적거리며, 완전히 새로운 제국은 자국에 알맞게 인력을 쓴다.

이는 비실제적인 상상이며 대부분 시험적으로 윤색되어 있다. 나는 동료 승객들을 보면 볼수록 서정적인 글을 쓰고 싶은 마음이 가셨다. 서른 살 이하의 젊은이는 상대적으로 적었다. 많은 이들이 결혼했고, 가족이라는 짐을 지고 있었다. 상당수가 이미 나이가 찼기에 그 자체가 나의 상상과 맞아떨어지지 않았다. 이상적인 이민자는 당연히 젊어야 하기 때문이다. 다시 말해서, 나는 이민자가 어떤 과감한 유형의 인간형을 보여주어야 한다고 생각했다. 허세를 부리거나 매처럼 호전적인 모습으로 열성적으로 밀어붙이는 기질을 드러내야 하는 것이다. 그런데 지금 내 주변에 있는 사람들은 대부분 조용하고 질서정연하며 순종적인 시민들, 역경으로 인해 가족이 무너진 가장들, 인생에서 자리를 잡지 못한 중년들, 왕년에는 좋았던 시절도 있었던 사람들이었다. 유순한 성격이 지배적인 사람들이었다. 유순하게 흥겨워했고, 유순하게 참았다. 한마디로, 나는 멕시코나 시베리아를 휩쓸어버릴 듯이 맹렬히 출격하는 정복선에 올라타지 않은 것이었다. 나는 내가 「마미온」*에 나오는 한 구절처럼 "패배한 전투에서는 달아나는 게 이기는 것"이라는 사실을 알았다.

노동자들은 지난 수년 동안 대영제국 전역에서 장기간에 걸쳐 지속적으로 처참하게 참패했다. 나는 다음과 같이

*1808년에 월터 스콧이 발표한 서사시.

파탄 난 이야기를 어렴풋이 들었다. 타인강* 가에 있는 집들은 죄다 버려진 채로 있고, 지하실 문짝들은 부서지거나 장작을 때려고 떼어갔으며, 노숙자들은 소지품 상자를 팔에 낀 채 글래스고의 거리 모퉁이에서 어슬렁거리며, 공장들은 문을 닫았고, 파업도 소용이 없고, 여공들은 굶주리고 있다는 이야기 말이다. 그러나 나는 그 이야기들이 전혀 절실히 와닿지도 않았거니와 그들의 고통이 나의 상상 속에 살아 꿈틀거리지도 않았다. 시장이 예상치 못한 방향으로 전환된 것은 프랑스군이 모스크바에서 처참하게 퇴각한 것만큼이나 끔찍한 재앙일지도 모른다. 하지만 그러한 재앙은 활발하게 다뤄지는 데 적합하지 않으며 조간신문에 하찮게 나올 뿐이다. 우리는 될 수 있는 한 힘겹게 몸부림쳐야 하며, 타고난 경제학자도 아니다. 개인은 대중보다 더욱 크게 영향을 받는다. 생생하게 눈앞에서 일이 벌어져서야 비로소 우리는 대개 비극의 의의를 간파한다. 그리하여 나는 그러한 패주敗走에 연루된 지금에 와서야 전투가 얼마나 치열했었는지를 인식하기 시작했다. 우리는 거부당한 자들이었다. 술고래, 무능력자, 나약자, 난봉꾼으로 한 나라의 상황을 이겨낼 수 없어 측은하게도 지금 다른 나라로 도망치고

*잉글랜드 북동부에서 북해로 흐르는 강.

있는 것이었다. 한두 명은 여전히 성공할 수 있을지라도 모두 다 이미 실패한 자들이었다. 우리는 배 한 척을 가득 채운 실패자들, 망가진 영국인들이었다. 그렇지만 이 사람들이 암울한 모습을 드러냈다고 지레짐작해서는 안 된다. 반대로 그 광경은 유쾌했다. 승선한 사람들은 눈물을 한 방울도 흘리지 않았다. 모두들 앞날에 대한 희망에 부풀어 있었으며, 순진무구하게 들떠있는 경향을 보였다. 누군가 노래 부르는 소리가 들리기도 했으며, 모두가 소소하게 농담을 나누며 금방이라도 웃음을 터뜨릴 만반의 준비를 한 채 서로 자연스레 안면을 트기 시작했다.

아이들은 꼭 강아지들처럼 서로를 찾아내었고, 또한 강아지들 방식에 따라 서로 자연스레 사귀며 갑판 주위를 뛰어다녔다. "넌 어머니를 뭐라고 불러?" 한 아이가 묻는 소리를 들었다. "어무이"라고 대답했다. 내 생각에는 사회적 지위에서의 미묘한 차이를 내비치는 대답이었다. 사람들이 그토록 어린 나이에 삶의 격랑에서 서로를 스쳐 갈 때 그 접촉은 한없이 가벼울 뿐이며, 그 관계는 우리가 상상하는 인간의 우정이라기보다는 파리의 우정에 더욱 가깝다. 그만큼 매우 빠르게 맺어지며 또 그만큼 쉽게 사그라들며, 그만큼 서로 마음을 터놓으며 또 그만큼 한층 깊은 인간적 특성이 결여되어 있다. 내가 관찰한 바에 따르면, 아이들은 모두 무리 지어 다니며 아주 짝짜꿍이 잘 맞았지만, 나이 든 사람들은 여전히 형식을 차리며 서로 데면데면했다. 아직 의식이 여물지 않은 꼬마들에게 바다와 배, 선원들은 얼마 안 가 집만큼이나 친숙해졌다. 항해하는 내내 꼬마들이 배의 일부를 칭하려고 고안해낸 말을 듣는 것은 좀 뜻밖이었다. 누군가가 이런 말을 하는 것을 들었다. "얼른 저기 수로로 내려가!" 아마 뱃전의 방파벽을 뜻하는 말이었으리라. 배가 출렁이는 파도를 헤치며 나아가는 동안, 나는 아이들이 수시로 돛대 꼭대기에서 양쪽 뱃전에 친 줄이나 난간에 기어 올라가는 것을 보고 가슴을 졸였다. 그리고는 햇볕을 쬐며 앉아 그 위태위태한 묘기를 태연자약하게 바라보는 아이들의 어머니들의 용기를 부러워하며 감탄했다. "저 녀석은 선원이 될 거예요." 누군가가 하는 말을 들었다. "지금 배우면 딱 좋죠." 올라가지 말라고 꾸짖으며 참견하려고 막 뛰어가려던 찰나, 나는 그 소리를 듣고 물러섰다. 좀 더 고상한 부류에서는 소중한 자식의 위험천만한 짓을 바라볼 만큼 담력이 큰 사람이 아마 극히 적을 것이다. 하지만 훨씬 더 긴박하고 불가피한 일이 많이 생기는 하층민의 삶에서는 어머니조차도 극도의 인내심으로 똘똘 무장하고 있어야 한다. 그리고 어쩌면, 결국엔 우리가 녀석들의 기를 꺾는 것보다는 차라리 목이 부러지는 편이 더 나을지도 모른다.

여기서 아이들에 관해 이야기하는 김에 한 조그만 녀석을 꼭 언급해야겠다. 녀석의 가족은 3등실 4호와 5호에 속해 있었는데 녀석이 갈 때마다 배 주위에 선율 같은 게 흘러나왔다. 꾀죄죄한 몰골에 바지를 입고 다니지 않는 명랑한 세 살짜리였다. 옅은 금발머리는 헝클어져 있었으며, 얼굴은 기름과 당밀 범벅이었다. 하지만 아주 자연스러운 걸음걸이로 이리저리 뛰어다니다가 넘어지고는 흔쾌히 쾌활하게 다시 일어나곤 했는데, 그렇게 움직일 때면 무척이나 귀엽다고 할 수 있었다. 까르르 웃거나 양철 숟가락으로 양철 컵을 흥겹게 두드리며 반주하는 녀석을 만나는 것은 인간 종족의 쾌거를 만나는 것이었다. 어머니와 나머지 가족들 모두 뱃멀미로 몸을 가누지 못할 때조차도, 녀석은 가족들 한가운데에 똑바로 앉아 아기답게 아무 생각 없이 즐겁게 노래를 불러젖혔다.

금요일 하루 내내 우리 남자들 사이에서는 약간 더 친해졌을 뿐이었다. 우리는 얼마나 더 항해할 지 토론했고, 몇 가지 정보를 교환하며 신세계에서 찾기 바라는 사업 분야를 말하고, 구세계에서 달아나는 이유가 무엇인지를 주고

받았으며, 무엇보다도 3등실의 음식과 불결함을 두고 서로 위로했다. 한두 명은 거의 기아상태에 가까이 지냈었기 때문에 전속력으로 배에 뛰어들 지경이었다고 말했다. 그랬기에 그 사람들로서는 최선을 다해 증기선에 타는 것이 최상인 것으로 보였다. 하지만 대다수는 크게 만족해했다. 그들은 대영제국처럼 아주 비참한 상태, 그중에서도 많은 이들이 글래스고처럼 상업적으로 말하면 죽은 거나 다름없는 지역에서 왔으며, 많은 이들이 오랫동안 실직 중이었기에 나는 그들이 관념적으로 식성이 매우 까다롭다는 것을 알고 깜짝 놀랐다. 나로 말할 것 같으면, 나는 거의 예외 없이 빵, 죽, 수프를 먹고 살았다. 그들에게 제공되는 것과 똑같은 음식이었으며, 호사스럽지는 않았지만 적어도 충분하다고 여겼다. 그러나 노동자들은 소리 높여 강력하게 항의했다. "사람을 위한 음식"이 아니라 "돼지에게나 딱 알맞은 음식"으로 "치욕"이라고 했다. 그중 다수는 거의 전적으로 비스킷을 먹고 살았고, 다른 이들은 개인적으로 가져온 식량을 먹고 살았으며, 또 어떤 이들은 더 나은 음식을 먹으려고 추가 요금을 지불했다. 이로 인하여 나는 기능공에게 얼마나 호사스러운 습관이 있는지 놀라울 정도로 생각이 바뀌었다. 나는 그가 불평하는 소리를 들을 준비가 되어 있었다.

불평하는 것은 여행객의 소일거리이기 때문이다. 하지만 나에게는 입맛에 맞는 식단을 그가 물리는 것을 알아챌 준비가 되어 있지는 않았다. 나는 그가 하는 말들을 묵살하거나 아니면 너그럽게 그냥 받아들여야 했다. 하지만 어떤 남자가 특히 달지 않은 비스킷을 선호할 때는 그가 진심으로 넌더리를 내고 있다는 사실에는 추호도 의심할 여지가 없다.

그들이 하는 여러 불평 중 한 가지에는 진심으로 공감할 수 있었다. 3등실에서 단 하룻밤을 보낸 것만으로도 그들은 공포심에 사로잡혔다. 그나마 괜찮은 2등실 침상에 있는 나조차도 공기가 부족해 괴로웠다. 밤에는 날씨가 맑아지고 바람이 잠잠해질 기미가 보였기에 나는 갑판 위에서 자야겠다고 결심하고는 처소에 대해 불평하는 모든 이들에게 나처럼 갑판 위에서 자라고 조언했다. 십여 명이 그렇게 하겠다고 동의하기에 상당히 많은 인원이 모일 거라고 생각했다. 그런데 일곱 번째 벨*이 울릴 즈음, 즉 열한 시 반쯤에 내가 담요를 챙겨갔을 때 망보는 당직자만 빼고는 아무도 보이지 않았다. 현실과는 동떨어진 상쾌한 밤공기에 대

*보통 민간에서의 시계종과 달리 배에서 시계종의 횟수는 시계침과 일치하지 않는다. 하루를 총 8개로 나누어 각 벨을 치는 패턴에 따라 시각을 알려주는 식이었다.

한 두려움이 사람들로 하여금 창문을 닫고 문 가장자리에 천을 대고는 꽉 막힌 역한 공기 속에서 숨을 쉬도록 스스로를 가둔 채 그 건강한 모든 노동자들을 감옥에 집어넣어 버린 것이었다. 누군가는 우리가 고온 지역에서 자랐던 게 아닐까 여기리라. 그렇지만 잉글랜드에서 말라리아가 가장 창궐하는 구역은 침실이었다.

그들이 약속을 저버리자 서글픈 기분이 들긴 했지만, 그 밤을 혼자서만 조용히 보낼 수 있어서 그런대로 만족스러웠다. 뱃머리가 바람이 불어오는 쪽으로 조금 돌아갔다. 날씨는 건조했지만 쌀쌀했다. 나는 연소구 근처에 피신처를 찾아 그날 밤을 편안하게 보냈다.

배는 살살 흔들리면서 고르지 않은 바다 위로 움직였다. 가장 깊숙한 곳에서 분주하게 유기적으로 돌아가던 육중한 엔진도 잠을 잘 준비를 마쳤다. 이따금 배가 심하게 출렁거려 누워 자는 데 방해가 되었으며, 모호한 의식의 경계선상으로 나를 소환했다. 마치 눈앞을 가리는 엷은 막 사이로 놋쇠종의 추가 명징한 소리로 '다 괜찮아!'라며 아름답게 절규하는 바다의 외침을 들은 것만 같았다. 과연 밤바다의 어둠 속에서 그 두 음절의 효과를 능가할 수 있는 시나 음악이 있을까.

날이 꽤 밝아왔다. 이른 시간에 우리는 바깥에서 서로

친분을 쌓을 수 있는 즐거운 시간을 가졌다. 하지만 밤이 가까워질수록 바람이 점점 거세지더니 비가 내리기 시작했으며, 파도가 높이 솟구쳐 올라 갑판에 발을 디디고 있기도 힘들게 되었다. 내가 음악회를 열자고 했다. 우리는 정말로 배 음악단이었으며, 바이올린과 아코디언을 갖고 각 나라의 노래를 부르며 즐거운 망명의 길을 떠나고 있었다. 스코틀랜드인, 잉글랜드인, 아일랜드인, 러시아인, 독일인, 노르웨이인들은 노래를 잘 부르든 못 부르든 그저 그렇든 아낌없는 박수갈채를 받았다. 한두 번인가는 억센 스코틀랜드 억양으로 시를 아주 활기차게 읊어서 행사가 다양해지기도 했다. 또 한 번은 우리 여덟 명의 남자가 함께 바이올린 선율에 맞춰 카드리유*를 추려고 헛되이 애썼다. 공연자들은 평소 모두 익살맞고 장난기 넘쳤으며, 사생활에서도 까불어대는 것을 무척 좋아하는 인물들이었다. 하지만 춤을 추려고 정렬한 순간 그들은 장례식에 고용된 참석자들**처럼 행동했다. 나는 그때까지 그토록 예의범절을 차리는 모습을 본

*18세기 후반과 19세기에 유행했던 춤으로, 네 쌍의 남녀가 사각형을 이루어 추는 프랑스 사교댄스.
**예전에는 장례식에 고용된 참석자들이 있었다. 이들은 주로 고인의 문 밖에서 밤샘을 하고 관을 옮기는 데 동행하고 검은색 옷을 입으며 엄숙한 표정을 짓고 보통 검은 천으로 뒤덮인 긴 막대기를 들고 다녔다.

적이 없었다. 그런 모습은 전혀 예상치 못했기에 카드리유 선율은 이내 잦아들었으며 춤꾼들은 뿔뿔이 흩어졌다. 춤을 추려고 늘어선 여덟 명의 프랑스인, 심지어는 서로 다른 사회적 계급에 속하는 여덟 명의 잉글랜드인들조차도 스스로 즐기거나 관객들에게 재미를 주려고 했을 것이다. 하지만 노동자들은 술에 취하지 않았을 때는 극히 우울한 태도를 취한다. 5학년짜리 남학생은 품위 같은 것에는 신경 쓰지 않는다. 그는 일부러 익살을 떨지 않는다. 즉, 그가 주는 재미는 사전에 준비하지 않고 즉석에서 새어 나오는 것이며, 무엇보다도 육체적으로 드러내는 그 어떤 것도 동반하지 않는다. 나는 대부분의 상황에서 그와 사귀는 것을 좋아하지만 사람들 앞에서 공개적으로 뛰어놀 때는 다시는 행동을 같이하지 않을 것이다.

하지만 노래를 부르고 싶다는 충동은 강렬했으며, 겸양을 극복하고 심지어는 바다와 하늘의 혹독함마저도 이겨냈다. 이처럼 풍랑이 거센 토요일 밤, 우리는 비바람을 피할 수 있는 주主갑판실 옆에 모였다. 일부는 최상갑판으로 이어지는 사다리에 매달려 있었으며, 나머지는 팔짱을 끼거나 깍지를 끼고 있었다. 배가 갑자기 격렬하게 휘청거리자 우리는 여자들이 넘어지지 않도록 둥그렇게 에워쌌다. 그렇게 자리를 잡고 나서야 마음 편히 노래 부를 수 있었다. 어떤 노래들은 그 광경에 참말로 적합했으나 다른 노래들은 놀라울 정도로 그 반대였다. 가령, "눈부신 그녀의 주위에 나는 마법의 동그라미를 그려 악마로부터 그녀를 보호한다네"와 같은 조잡한 운율의 희가극은 단조롭고 침울하고 한심할 정도로 유치했다. "우리는 싸우고 싶지 않지만, 맹세코, 싸워야 한다면 싸워야겠네"라며 밤중에 모두가 한목소리로 힘차게 부르는 후렴은 어느 정도 활기를 살렸다. 나는 북부 독일 방언을 쓰는 석공을 한 명 주시했는데, 그는 영어를 한마디도 몰랐으나 진심을 다해 전반적인 효과를 더하고 있었다. 아마 그 독일 석공은 노래가 가진 진정성을 표현하는 상당히 좋은 예일 것이다. 그 주제에 관해 나와 대화를 나눈 거의 모든 사람들이 전쟁에 극렬하게 반대했으며, 자신들의 불행과 또 자신들이 뻔질나게 위스키를 마시는 취향이 줄루랜드와 아프가니스탄에서 전투를 벌인 탓이라고 보았다.

그렇지만 가끔은 우리의 상황에 대한 심금을 울리는 노래가 흘러나오기도 했다. 또한 저마다의 가슴에 뼈저리게 와닿는 정서를 담은 목소리도 들을 수 있었다. "닻은 올라갔네"라는 노래가 딱 그랬다. 우리는 그야말로 "폭풍우가 휘몰아치는 깊은 바다 한복판에서 흔들리고" 있었다. 가수와 함께 "내 사랑, 오늘 밤 그대가 없으니 외로워요"라거나 "가서 내 말을 전해줘요. 누군가 고향에서 내게 편지를 써달라고 했다고"라고 노래 부를 수 있는 이들이 우리 중 얼마나 될까! 고국과 친구들, 여러 사람과 어울렸던 소중한 시간이 배가 지나가는 자리에서 서서히 사라지며 우리 뒤에서 달아나고 있을 때인 지금보다 더 "올드 랭 사인"이 어울리는 순간이 있을까? "올드 랭 사인"은 이렇듯 힘든 시간이 지나가 다시 귀항한 사람이 모래땅의 여인숙에서 여러 만남을 가질 그 날을 위한 시간, 한창 젊은 나이에 헤어진 사람들이 마침내 다시 축배의 잔을 들게 될 그 날을 위한 시간을 가리킨다. 번스*가 이민을 고려하지 않았더라면, 내 생각에는 그러한 곡조를 발견할 수 없었을 것 같다.

일요일은 내내 폭풍이 휘몰아치며 구름이 잔뜩 끼었다. 많은 사람들이 뱃멀미로 인해 몸을 가누지 못했다. 2등실에서는 다섯 명만 차를 마시며 앉아 있었는데, 그중 두 명은

*Robert Burns(1759~1796). 가난한 농부의 아들로 태어나 1786년 자메이카 섬으로 이주하기 위한 뱃삯을 벌기 위해 쓴 시 "주로 스코틀랜드 방언에 의한 시집"으로 천재 시인이라 불리고 성공함으로써 이주할 필요가 없어져 시를 짓는 데 열중하였다. 모순에 찬 당시의 사회·교회·문명 일반을 예리한 필치로 비난하고, 정열적인 향토애로 스코틀랜드 농부와 시민의 소박한 모습을 나타내어 뒤에 작곡가들에 의해 그의 작품이 많이 인용되었다. 종종 한 해의 마지막 날(12월 31일)에 불리는 "올드 랭 사인"은 어떤 노인이 부르던 노래를 기록하여 그것을 가지고 시로 지었다.

식사를 다 마치기도 전에 불쑥 자리를 떴다. 이민자들 대부분이 안식일을 엄격하게 지켰다. 그렇듯 성스러운 날에 체스판을 갖고 지나가는 사람을 보자 한 노부인이 "배가 아직도 가라앉지 않았구먼!"이라며 놀라워했다. 몇몇 사람들이 스코틀랜드의 찬송가를 불렀다. 많은 이들이 예배에 참석했으며, 진정한 스코틀랜드 방식에 따라 예배를 보고는 성직자에 대해 그다지 만족스러워하지 않으며 돌아왔다. "경험이 풍부한 설교사 같지 않았어요." 한 아가씨가 내게 말했다.

　낮은 으스스한 데다 불쾌했다. 하지만 여섯 번째 종이 울릴 때가 되자 바람이 아직은 누그러지지 않았지만, 구름이 모두 흩어지며 수평선 가장자리 뒤로 날려갔으며, 별들이 머리 위로 빽빽하게 나왔다. 나는 고향의 여름철 숲속에서만큼이나 요란한 바람과 강물을 가로지르며 금성이 끊임없이 어여쁘게 타오르는 것을 보았다. 엔진이 쿵쾅거렸고 추진기가 굉음을 내며 물을 밖으로 토해내며 배를 구석구석 뒤흔들고 있었다. 뱃머리는 굽이치는 파도에 맞서 커다란 폭발음을 내며 싸우고 있었다. 바람이 불어 가는 쪽 갑판의 배수구에 서서 굴뚝이 비스듬히 튀어나온 곳을 올려다보니 내 머리 위로 연기가 뿜어져 나오고 있었으며, 시커멓고 기괴한 중간 돛들이 배가 요동칠 때마다 서로 다른 별무리들을 가리고 있었다. 이 모든 소란이 아주 하찮은 일인 것만 같았다. 거기다 돛대 바로 위에서는 영구히 끊기지 않는 평화가 지배하고 있었다.

3등실 풍경

(3등실 2호와 3호의) 갑판 승강구의 덮개문은 사람들이 좋아하여 자주 드나드는 곳이었다. 한 줄로 이어진 계단 한쪽 아래에는 비교적 넓게 트인 공간이 있었고, 그 중심에 갑판 승강구가 자리를 차지하고 있어서 약 스무 명 정도 편하게 앉을 수 있었으며, 커다란 통들과 둘둘 말린 밧줄, 목수의 작업대에도 더욱 많은 사람들이 걸터앉을 수 있었다. 계단 한쪽에는 3등실 매점이 있었다. 반대편에는 그에 못지않게 매력적인 장소인 지칠 줄 모르는 해설자의 선실이 있었다.

나는 사람들이 커다란 통에 담긴 청어처럼 그 공간을 꽉 메워 다섯 번째 종이 울릴 때까지 즐거운 저녁을 이어가는 것을 보았다. 다섯 번째 종이 울리면 가차 없이 불이 꺼지고 사람들은 모두 처소로 돌아가야만 했다.

금요일부터 바이올린 연주자가 승선했다는 소문이 돌았다. 그가 뱃멀미로 앓아누워 있는 3등실 1호에서는 장단이 맞지 않아 귀에 거슬리는 소리가 났다. 그리고 월요일 오전에 갑판 덮개문으로 내려갔을 때, 스트래스스페이* 시간이 나를 맞이했다. 안색이 창백한 오르페우스가 안색이 창백한 여자 청중들에게 경쾌하게 연주하고 있었다. 그는 혼신의 힘을 기울여 연주하고 있었으며, 청중 일부는 마땅히 앉을 자리도 없었다. 그런데도 청중들은 처음으로 경험하는 화려한 연주를 들으려고 침상에서 기어 나왔으며, 음악에서 약보다 더 좋은 것을 발견했다. 천근만근으로 졸음이 쏟아지는 사람들도 이윽고 고개를 까딱까딱하기 시작했으며, 퀭한 눈동자들에도 어느 정도 생기가 돌았다. 인간적으로 말하자면, 난해한 주제에 관한 대작을 쓰는 것보다 심지어 연주를 잘하지 못할지라도 바이올린을 연주하는 것이 더욱 대단한 일이다. 과연 다윈이 이 아픈 여자들을 위해 무엇을 해줄 수 있었을까? 하지만 그 연주자는 현을 긁어댔다. 그렇기에 그의 연주를 듣는 모든 이에게 세상은 분명코 더 나은 곳이었다. 그럼에도 우리는 그러한 기량을 순전히 경제적인 가치로만 이해하고 있다. 나는 바이올린 연주자에

*스코틀랜드의 느리고 경쾌한 춤, 또는 그 춤곡.

게 바이올린 케이스를 갖고 다니며 행복을 전해주기 때문에 행복한 사람이라고 말했다. 그 사실에 얼굴에 화색이 도는 것처럼 보였다.

"특권이에요." 내가 말했다. 그는 잠시 그 말을 곰곰이 생각하더니 머리를 젖히면서 확신에 차서 대답했다. "맞아요, 특권이죠."

그날 밤 나는 "퀘이커교도 아내의 경쾌한 춤곡"*에 이끌려 3등실 4호와 5호의 덮개문으로 갔다. 정확히 말하자면, 희미하게 켜진 등불 아래서 배의 움직임에 맞추어 앞뒤로 이리저리 흔들며 비좁은 갑판실을 가로지르는 춤이었다. 우리는 열린 미닫이문 사이로 잿빛의 밤바다를 얼핏 보았다. 배가 지나간 자리에 빛을 받아 반짝이는 물거품이 새처럼 잽싸게 군데군데 날리고 있었다. 배가 바람을 맞으며 요동치자 수평선이 오르락내리락했다. 한가운데에는 덮개문 사다리가 노천광의 사다리처럼 가파르게 내리꽂고 있었다. 첫 번째 층계참에 등불이 또 하나 켜져 있었으며 그 아래에서 처녀 총각들이 지그나 릴, 혼파이프** 같은 춤을 추고 있

*스코틀랜드의 춤으로, 남녀가 마주 보고 두 줄로 서서 추는 전통춤.
**지그jig는 빠르고 경쾌한 4분의 3박자의 춤이나 춤곡이다. 릴reel은 스코틀랜드에서 보통 두 명이나 네 명이 추는 빠른 춤이나 춤곡이다. 혼파이프hornpipe는 전통적으로 선원들이 추는 빠른 춤이나 춤곡이다.

었는데 공간이 부족해 한꺼번에 세 명 이상은 출 수 없었다. 양쪽 위 후미진 곳에는 대략 60센티미터 폭에 120센티미터 길이의 쇠 난간이 있었다. 이는 무대 앞 1등석으로 영예로운 좌석이었다. 한쪽 발코니에는 꾀죄죄한 차림의 아일랜드 처녀 다섯이 단아하게 무리 지어 앉아 있었으며, 또 다른 한쪽 발코니에서는 오르페우스가 격렬하게 몸을 움직이고 있었는데 졸린 듯 차분한 얼굴과 묘한 대조를 이루고 있었다. 바이올린 연주자를 숭배하며 흥미롭고 열렬한 얼굴로 바라보는 까무잡잡한 그의 형제가 입을 떡 벌린 채 곁에 앉아 있었다. 그는 넋을 잃고 감탄하다가 감정이 격한 나머지 말을 쏟아냈다.

"기가 막히게 아름다운 혼파이프예요. 춤꾼들이 대단히 좋아하는 곡이죠. 사람들은 이 곡에 맞춰 모래사장에서 춤을 춘답니다." 그리고는 모래춤에 대해 상세히 설명했다. 그러더니 별안간 손가락을 위로 들어 올리고 간절한 눈빛을 반짝이며 길게 "쉿!"이라고 했다. ""올드 로빈 그레이"*를 한 줄

*스코틀랜드의 시인이자 여행작가인 앤 린지가 1772년에 쓴 시의 제목. 로빈 그레이라는 노인이 가난한 처녀와 결혼한다. 처녀에게는 가난한 애인이 있으나 돈을 벌러 바다로 나간 사이 어쩔 수 없이 결혼하고, 몇 달 뒤에 애인이 돌아오지만 유령의 모습이다. 둘은 슬픈 재회를 하지만 키스를 나누며 헤어진다. 이제 여자는 로빈에게 좋은 아내가 되기 위해 최선을 다한다. 하지만 가슴속에는 늘 진정한 사랑을 잃은 슬픔이 가득하다.

로만 연주하려고 해요!" 격렬한 움직임이 계속되는 동안 그는 내내 "한 줄이에요, 한 줄로만 연주하고 있다고요!"라며 울부짖었다. 나는 지금까지 그런 느낌을 받아 본 적이 없었으나 청중들은 크게 두려워하는 모습이었다. 나는 한두 곡을 더 청했으며, 그렇게 해서 형제에게 나를 자연스레 알리게 되었다. 그는 잠깐 동안 내게 곧바로 말을 걸었으며, 선원들이 별에 충실하듯 내가 그의 이야기에 충실했다는 것은 두말할 필요도 없다. "저 이는 최고예요." 그가 은밀하게 말했다. "스승이 뮤직홀 연예인이었거든요." 실제로 스승인 뮤직홀 연예인은 그에게 강한 영향을 미치며 흔적을 남겼다. 바이올린 연주자가 최고의 옛노래들을 몰랐기 때문이다. 예를 들어, "로지 오 버컨"*을 그는 카드리유를 추는 빠르고 경쾌한 춤곡으로만 알았지, 제목이 뭔지를 들어본 적이 없었기 때문이다. 어쩌면 결국에는 둘 중에 그 형제가 더욱 흥미로운 연주자였을 것이다. 나는 그 후 그와 여러 차례 대화를 나누었으며, 그가 언제나 동일하게 빠르고 격렬한 연주자로 머리가 둔한 사람이 아니라는 것을 알았다. 하지만 그는 바이올린 연주자를 따라다니며 대중들 앞에서는 결

*스코틀랜드의 서정시. 시인이자 작사가인 조지 헬켓이 썼다고 알려져 있으나 확실하지는 않다.

코 그러한 장점을 보이지 않았다. 진심 어린 존경 이상은 없다. 그리고 그것이 사랑에서 비롯된 것이라면 혹 잘못된 대상을 향한 것이라 하더라도 결코 경멸할만한 것은 아니다.

춤은 미미하게나마 계속되었다. 공간이 거의 춤을 출 수 없을 정도로 좁았다. 아일랜드의 시골 처자들은 순진무구하게 드러내는 춤사위에서 극도의 수줍음과 놀라울 정도로 넉살 좋고 서투른 솜씨를 결합시켰다. 고조되는 바이올린 선율은 수시로 무시당하거나 청년 한두 명만이 층계참에서 발을 놀리며 손가락으로 딱딱 소리를 내고 있었다. 형제는 자신의 우상의 모든 기량을 보여주고자 열망했고 졸음에 겨운 연주자는 무심했기에 자주 곡이 바뀌었으며 혼파이프가 끝나고 발라드로 들어가서야 춤꾼들은 발놀림을 반으로 줄일 수 있었다.

하지만 그러는 사이에 관객 수가 매 순간 점점 더 늘어나고 있었다. 덮개문 꼭대기 주위에 서 있을만한 공간도 거의 없었다. 그리고 그 기이한 경주 본능은 새로 온 몇몇 사람들로 하여금 양쪽 문의 통행을 차단하도록 마음을 움직여 분위기는 점점 더 억제할 수 없게 되었다. 그곳은 이른바 떠나기에 좋은 곳이었다.

바람이 역랑 앞에서 방향을 바꾸었다. 밤 열 시쯤, 물보라가 세차게 일며 앞갑판을 철썩철썩 때렸다. 3등실 1호의 덮개문을 닫아야 했기에 2등실을 통한 의사소통의 문이 열렸다. 이때다 싶은 마음에서 나온 것이든 아니면 이미 3등실에 있는 여러 사람과 안면을 텄기 때문이든 어쨌든 존스 씨와 나는 늦은 시간에 3등실에 가보았다. 3등실 1호는 이등변 삼각형 모양이었다. 등변 반대편의 양 측면은 배의 윤곽선에 맞추어 바깥쪽으로 불룩했다. 각기 16개의 침상이 놓여 있는 8개의 작은 칸막이 방들이 줄지어 있었는데, 양 측면에 위로 4개, 아래로 4개였다. 밤에 그곳에는 등불이 두 개 켜졌다. 각 탁자마다 하나씩이었다. 증기선이 거세게 부풀어 오른 파도 사이를 헤치고 나아가자 등불이 급격한 변화의 양상을 겪으며 앞뒤로 위아래로 놀랍도록 재빨리 내동댕이쳐졌다. 알다시피 그토록 희미하게 깜빡이는 빛이 어떻게 그토록 새까만 어둠을 통제하고 흐트러뜨리는지 궁금하지 않을 수 없을 것이다. 존스와 내가 들어갔을 때, 아는 얼굴 몇이 맨 앞에 위치한 삼각형 탁자에 앉아 있었다. 그보다 더욱 암울한 상황 속의 더욱 절망적인 사람들은 상상할 수 없으리라. 이곳은 뱃머리에 있는 터라 몹시 격렬하게 요동쳤으며, 파도가 수시로 걷잡을 수 없이 포효하고 있었다. 깜빡거리는 노란 등불이 빙글빙글 돌며 그림자들을 뒤흔들었다. 공기는 후끈후끈했으나 배에서 나는 지독한 악취로 인해 오한이 덮쳐왔다.

어두컴컴한 침상 온 사방에서 뱃멀미로 인해 인간이 내는 소음은 농장 안마당에서 일제히 동물이 울부짖는 소리와 별반 다를 바 없었다. 그 와중에 이 다섯 친구가 일행들의 기운을 북돋워 주고 있었다. 여러 생각이 드는 괴로운 기분에서는 노래가 그들의 피난처였다. 한 친구가 아주 여린 음색으로 "오, 내가 왜 고향을 떠나왔던가?"를 노래했다. 그러한 상황에 아주 적절한 질문인 것 같았다. 또 다른 친구는 돼지우리 같은 곳에서 보이지 않는 공포에 휩싸인 채 윗선반에 개처럼 축 늘어져 괴로워하다가 용기를 내어 "넬슨제독의 죽음" 몇 구절을 들려주었다. 어두컴컴한 구석구석에서 일제히 희미하게 숨 쉬는 소리를 듣고 있노라니 참으로 오싹하고 으스스했다. "오늘 그는 의무를 다하였네"라는 고저음의 후렴구가 그 어둑어둑한 지옥에서 배가 아래위로 마구 요동칠 때마다 반복적으로 뱃머리에 공허하게 울려 퍼지고 머리 위로는 소나기 같은 물보라가 철썩철썩 때렸다.

대화를 나누기에는 모든 상황이 부적절해 보였다. 현기증이 밀려와 정신의 활동을 방해했다. 또 노래를 부를 때 외에는 입을 꽉 다물고 있어야 했다. 하지만 그곳에 스코틀랜드인처럼 보이지도 않고 그렇다고 아일랜드인처럼 보이지도 않는 키가 크고 힘이 세 보이는 국적이 불분명한 남자가 한 명 있었는데 고차원의 문제들에 대해 놀랍도록 뚜렷한 확신을 갖고 있었다. 그는 일요일에는 거의 이성을 잃었었다. 정신에 대한 정의를 "느끼거나 듣거나 볼 수 없는, 살아 있고 생각하는 실체"임을 뒷받침하려는 전반적인 후진성 때문이었는데, 비록 그가 그렇게 언급하지는 않았을지라도 내 생각에는 그런 냄새를 풍겼다. 이제 그는 우리 문화에 또 하나의 공헌을 하겠다며 중간에 나섰다.

"잠시 기분전환할 겸 성서 속 수수께끼를 하나 내보겠소." 그는 문맥에 맞지 않는 말을 덧붙였다. "이득을 볼 거요."

수수께끼는 이랬다.

C와 P가 C를 처형하기로 동의했다.

하지만 C와 P는 G의 허가 없이는 동의할 수 없었다.

모든 사람이 C와 P의 잔혹한 짓을 보며 울부짖었다.

아폴로의 노래를 듣게 한 뒤 머큐리는 가혹하기 짝이 없는 말을 했다!* 우리는 오랫동안 이 문제를 두고 씨름했고, 어떻게 사람이 이토록 바보 같을 수 있는지 고개를 가로저으며 울적해 했다. 하지만 한참 있다가 그는 우리를 손에 땀을 쥐는 상태에서 벗어나도록 해주었다. C는 가야파를, P는 본디오 빌라도**를 대변한다는 것이었다.

내 생각에는 수수께끼가 우리를 좀 진정시킨 게 틀림없었다. 하지만 배의 움직임이라든가 폐쇄된 공기 같은 것 때문에 우리는 서둘러 자리를 떴다. 얼마 지나지 않은 바로 다음 날 아침, 우리는 다섯 명 중에 두 명, 심지어 세 명까지도 병이 났다는 말을 들었다. 별로 놀랄 일도 아니라고 생각했다. 바다가 밤새도록 우리와는 정반대의 상태에 있었기 때문이다. 나는 이제 2등실 바닥에 이부자리를 폈다. 발에 밟힐 위험이 있었지만 공기가 자유로이 흘렀으며, 다소 탁했지만 적어도 고여 있지는 않았다. 그리고 이 잠자리에서는 노상 밤에 거세게 휘몰아치는 파도소리, 뱃멀미하는 사람들의 끔찍한 기침소리와 구역질 소리, 아이들이 훌쩍거리는 소리에 더하여 한 남자가 자신의 친구에게 용기를 북돋

---

*아폴로는 "음악인 신"이었고, 머큐리는 "거짓말, 사기꾼, 도둑, 언어 등 여러 다양한 신"이자 신들의 전령사이기도 했다. 여기서는 머큐리가 "저승의 신"인 하데스의 영혼을 행하는 전령사였다는 것을 의미한다. 즉, 머큐리는 지고의 기쁨인 아폴로의 음악을 듣는 기쁨을 누리게 한 뒤 사형을 언도하는 가혹한 말을 했다는 뜻이다. 윌리엄 셰익스피어의 희곡 『사랑의 헛수고』에 나오는 말이다.
**가야파는 기원 37년 이전부터 유대의 대제사장을 지냈고, 예수의 사형을 판결한 최고재판소의 의장이다. 본디오 빌라도는 예수 그리스도의 재판 시 유대교도의 압력에 굴복해서 본의 아니게 그를 십자가형에 처했다.

위달라고 간청하며 공포에 질려 날뛰는 소리도 들려왔다. "배가 가라앉고 있어!" 그가 고통에 몸부림치며 울부짖었다. "배가 가라앉고 있다고!" 그가 반복했다. 어떤 때는 아주 낮은 소리로 속삭이다가 또 어떤 때는 소리 높이 흐느껴 울기도 했다. 친구가 그를 타이르기도 하고 농담도 건네면서 안심시키려고 했다. 하지만 모두 헛수고였다. 다시 이전처럼 울부짖었다. "배가 가라앉고 있다니까!" 공황상태에 빠진 사람의 말투였다. 그리고 나는 얼마나 혼란스럽고 무시무시한 비극이 이민선에 끔찍한 재앙을 초래할지 그 순간 똑똑히 보았다. 만약 이 전체 교구민이 육지로 가지 못한다면 갇힌 사람들에 관한 소식이 신문에 얼마나 비통하게 실릴 것이며, 거미줄처럼 복잡하게 얽힌 우리네 삶의 얼마나 큰 부분이 영원히 찢겨져버릴 것인가!

다음 날 아침 갑판에 갔을 때, 나는 그야말로 신세계를 발견했다. 순풍이 불었다. 태양은 구름 한 점 없는 하늘에 솟아 있었다. 검푸른 바다 사이로 배는 물거품을 내며 길을 만들고 있었다. 수평선에는 길동무인 돛들이 온종일 점점이 박혀 있었으며, 태양은 들썩이는 기다란 갑판에서 화사하게 빛나고 있었다.

우리는 화창한 날씨 속에서 여가를 보낼 오락거리를 여

렷 갖고 있었다. 체스판 하나와 카드 한 벌이 있었다. 어떤
때는 스무 명이나 되는 사람들이 재미로 도미노게임을 했
다. 손기술을 쓰는 것이라든가 여우와 거위와 양배추를 어
떤 동일한 순서로 옮기는 산술문제*처럼 머리를 쓰는 고전
적인 문제는 늘 환영받았다. 그리고 내가 지켜본 바에 따르
면 사람들은 전자보다는 후자를 확연히 잘 해냈을 뿐 아니
라 인기도 더욱 많았다. 우리는 매일 규칙적으로 배가 어디
까지 왔는지를 추측하는 시합을 벌였다. 조타실에서 그 결
과가 발표되는 열두 시 정각은 상당한 관심을 끄는 순간이
되었다. 하지만 그러한 관심은 순수한 것이었다. 우리는 알
아맞히는 데 돈을 한 푼도 걸지 않았다. 클라이드에서 샌디
후크**까지 가는 동안 나는 돈을 얼마 걸었다든가 얼마를
벌었다든가 하는 이야기를 한 번도 들은 적이 없었다. 게다
가 우리는 즐겁게 놀거리가 충분했다. "자리뺏기 놀이"를
한층 남성적인 형식의 "악마와 네 자리"라는 이름으로 재탄

*한 농부가 여우와 거위와 양배추를 갖고 강을 건너야 한다. 강을 건널 수 있
는 수단은 배 한 척이 전부이며, 그마저도 안 좋아서 노를 저을 농부를 제외하
면 딱 한 칸밖에 자리가 없다. 여우와 거위는 농부가 없어도 도망가지 않는다
고 하지만 문제가 있다. 1)농부가 없으면 여우는 거위를 잡아먹는다. 2)농부
가 없으면 거위는 양배추를 먹어치운다. 그렇다면 농부는 어떤 순서로 여우와
거위와 양배추를 옮겨야 할까?
**미국 뉴저지주 동부, 뉴욕만灣의 입구에 있는 반도.

생시켰는데 내가 제일 좋아하는 게임이었다. 하지만 사람들이 더 선호하는 게임이 있었다. 자신의 따귀를 누가 때렸는지 알아맞힐 때까지 손바닥으로 따귀를 때리는 우스꽝스러운 게임이었다.

화요일 아침, 우리는 날씨의 변화에 환호하며 한껏 기분이 들뜬 상태였다. 우리는 갑판실 후미진 곳 아래에 벌떼처럼 와글와글 떼 지어 모여 딱 달라붙어 앉아 있었다. 여러 이야기를 나누며 웃음꽃이 피었다. 아이들은 돛대 꼭대기에서 양쪽 뱃전에 친 밧줄을 기어올랐다. 처음으로 하얀 얼굴의 바이올린 연주자가 나타났다. 바람을 쐬어서인지 혈색이 돌기 시작했다. 나는 초짜 이민자들을 위해 잇따라 열심히 담배를 말았으며, 그들은 나의 별 볼 일 없는 기술에 진심으로 감탄했다. 끝으로, 바이올린 연주자가 우리 한가운데에 앉더니 릴과 지그, 발라드에 대해 일장 연설을 늘어놓기 시작했으며, 이따금 한두 사람이 그가 말할 때 선율을 따라 부르며 이야기에 흥미를 돋웠다.

이렇듯 즐겁고 훈훈한 풍경 사이로 1등실 승객 세 명이 나타났다. 신사 한 명과 숙녀 둘이었다. 그들은 품위라곤 없이 오만하게 킥킥거리며 느긋하게 걸어 들어왔다. 바운티풀 부인*과 같은 태도라곤 눈곱만큼도 없어서 나는 완전히 빈정상했다. 나는 사회문제에 있어서 별로 급진적이지 않으며, 언제나 한 사람이 다른 사람만큼이나 선하다는 생각을 키워왔다. 하지만 이 일로 인해 당혹스러워지기 시작했다. 그 사람들이 자신들의 존재를 알리려고 애쓰는 모욕적인 처사는 참으로 놀랄만한 것이었다. 그들은 우리의 얼굴에다 옷을 집어 던지는 것 같았다. 두 눈은 우리가 입은 누더기 같고 부적절한 옷을 위아래로 훑었다. 입가에는 비웃을 준비가 되어 있었다. 하지만 우리가 듣는 데서 마음껏 비웃기에는 아주 예의가 발랐기에 모두 잠깐 있다 1등실로 돌아간 다음 3등실 사람들의 태도에 대해 얼마나 재치 넘치게 조롱하는지 듣게 될 터였다. 우리는 정말로 순진무구하고 쾌활하고 분별력 있었기에 그 숙녀분들이 우리 사이를 우아하게 거드름 떨며 지나가거나 그 신사분이 완고하면서도 비웃는 듯한 눈길을 던졌을 때 아무런 유감이 없었다. 우리는 한 마디도 하지 않았다. 그들이 가고 나서야 맥케이가 뚱하게 그들의 무례함에 대해 중얼중얼거렸을 뿐이었다. 하지만 우리 모두는 흥겨운 시간을 보내는 동안 그들이 미친 냉담한 영향과 철저한 단절을 의식하고 있었다.

*조지 파르콰르의 희극 『멋쟁이의 책략』(1707)에 등장하는 돈 많고 인자한 여주인공으로, 보통 "여성 자선가"를 의미한다.

3등실 사람들

탑승객 중에 아일랜드계 미국인이 한 명 있었다. 칼로*가 판화에 새긴 거지와 완전히 똑같았다. 외눈에다 움푹 들어간 눈가에는 보기 흉한 잔주름이 자글자글 져 있었고, 울퉁불퉁한 데다 땅딸막한 코가 콧수염 위로 드리워져 있었으며, 모자라고 믿기 어려울 정도의 모자에, 하아! 오래전에는 하얀색이었을 셔츠에, 소매 끝자락에만 알파카가 남아 있는 코트에, 거짓말 하나도 안 보태고 바지에는 단추도 다 떨어져 있었다. 거지 같은 누더기 행색에도 그 자는 가짜 보석처럼 뻔뻔스럽게 반짝반짝 빛났다. 나는 그가 동료 승객 중 한 사람에게 귀족인 듯한 분위기를 풍긴다고 들었다. 그

---

*Jacques Callot(1592~1635). 프랑스의 판화가, 조각가, 군인, 술고래, 집시, 거지, 법정 풍경 등 1400개 이상의 작품을 만들었다.

러한 자는 이면에 있는 것을 감출 수 없는 법이다. 즉, 그의 이마에 출세한 흔적과 같은 것이 쓰여 있었다. 당시 그는 불운한 시절을 보내고 있었지만 나는 그가 의회에서 허풍을 떨거나 아첨하는 모습을 상상할 수 있었다. 우리는 동일한 집단에서 움직였기 때문에 내가 그와 어울리게 되는 것은 필연적이었다. 나는 그가 진실하거나 상냥하거나 흥미로운 말을 하는 것을 들어본 적이 없는 것 같다. 하지만 그 사람의 행동거지에는 재미나는 면이 있었다. 교양이 변변치 못한 아일랜드인이라고 불러도 무방하겠다.

러시아인은 괴상망측한 그 자와 현저한 대조를 이루었다. 러시아인의 전력에 대한 소문과 괴담이 3등실에서 떠돌았다. 어떤 이들은 그가 탈주하는 허무주의자라고 했다. 다른 이들은 그가 아무 생각 없이 돈을 물 쓰듯 하는 방탕아로 5만 루블을 탕진했기 때문에 아버지가 속죄하라는 뜻으로 아메리카로 보내버리는 거라 했다. 둘 중 어느 말이든 무성하게 퍼져나갔다. 그 주인공이 영어를 한마디도 못했기에 반박을 두려워할 필요가 없었기 때문이다. 나는 유창하지 못한 독일어로 띄엄띄엄 말하면서 그와 친분을 쌓게 되었으며, 그의 입으로 직접 약재상이었다는 말을 듣게 되었다. 그는 지갑에 약혼녀의 사진을 갖고 다녔는데 사진이 실물

보다 못 나왔다고 언급했다. 머리 모양은 깜짝 놀랄 정도로 괴상해 승객들 사이에서 쉽게 눈에 띄었다. 처음에 본능적으로 든 생각은 난폭한 불량배가 아닐까 하는 것이었다. 하지만 우리 서구 사람들의 눈에는 그 모습이 야만적이고 단정하지 않아 보일지라도 눈동자만큼은 믿음직스럽고 감탄을 자아내는 면이 있었다. 크고 짙고 부드러운 눈동자는 말로 표현할 수 없을 정도의 인내심을 표출하고 있었는데, 마치 종종 절망적인 상황을 바라보며 굳은 다짐을 했던 것 같은 그런 눈동자였다.

내가 그 말을 했을 때 그는 소리를 높였다. "아니요, 아닙니다. 다짐이라니요."

"견디겠다는 다짐이오." 내가 설명했다.

그러더니 그는 대단치 않다는 듯 어깨를 으쓱하고는 "아하, 그렇죠, 뭐"라고 흔쾌히 말했다. 꼭 특유의 허세를 부리며 우쭐해 하는 사람과 같은 모습이었다. 실로 그는 언제나 남모르는 슬픔을 넌지시 내비치고 있었다. 그는 자신의 인생이 유별나게 걱정근심투성이였다고 했다. 그러니 3등실에서 떠도는 괴담들이 적어도 일말의 진실을 드러냈을 수도 있겠다. 한 번, 정말로 딱 한 번 그는 우리가 연 콘서트에서 노래를 불렀는데 조금도 쑥스러워하지 않고 앞으로 나와 섰다. 큰 키에 등이 다소 구부정했으며, 긴 두 팔을 수시로 뻗었고, 칼무크족* 특유의 두상을 뒤로 젖히곤 했다. 황소의 우렁찬 소리만큼이나 깊고 백해**처럼 야성적인 음악에 적합한 노래였다. 그는 우리의 자유롭고 사교적인 태도에 크게 감명받은 것 같았다. 그가 말하기를, 고향에서는 여행길에서 누구도 그에게 말을 걸지 않았으며, 자신도 그 사람들과 말을 섞고 싶지 않았다고 했다. 그리하여 그는 무심결에 자신의 동포를 비난하는 데 가담하게 되었다. 하지만 러시아는 얼마 가지 않아 바뀔 터라고 했다. 네바강***의 얼음이 문명의 태양 아래 녹고 있었으며, 러시아제국 외교단의 공허하기만 한 커다란 북소리 사이에서 "멋들어진 바이올린 선율"의 새로운 사상을 들을 수 있었다고 했다. 그리고 비록 다소 불명료하고 유치한 희망을 품고 있는 것인지는 몰라도 위대한 부활을 보기를 바란다고 했다.

척척박사인 아버지와 아들도 있었다. 그렇듯 모순되는 상황 하에서 "넬슨제독의 죽음"을 부른 이도 바로 그 아들이었다. 아들의 직업은 선박용 강판절단 기술자였다. 하지

---

*중국 서부의 톈산 북로天山北路 지방이나 구소련의 볼가강 하류 지역인 칼무크 자치국에 사는 서몽골족.
**러시아 북서부에 있는 북극해의 일부.
***러시아 북서부 상트페테르부르크를 흐르는 강.

만 오르간을 칠 수 있었고, 합창단 두 팀을 이끌었으며, 전문 현악단에서 플루트와 피콜로를 연주할 수 있었다. 그의 레퍼토리는 고갈될 줄 모르는 데다 최고의 노래에서부터 최악의 노래에 이르기까지 골고루 분포되어 있었다. 또한 그러한 양 극단 사이에서 최소한의 구분도 하지 않는 것으로 보였다. "톰 보울링"*에 이어 "눈부신 그녀의 모습 주위로"를 경쾌하게 연주하는 식이었다.

아버지는 늙고 활달하고 체구는 작았지만 남자다웠다. 그는 주석 제품과 관련된 것이라면 하나부터 열까지 전 과정을 다 할 수 있었고, 목수의 도구도 거의 다 사용할 수 있었으며, 게다가 그림액자도 만들 수 있었다. "나는 일요일마다 은식기로 밥을 먹었다우. 벽에는 명화들이 걸려 있었지요. 내 마차 안에 돈이 굴러다닐 정도로 많이 벌었어요. 그런데 말이지요." 나를 바라보는 눈곱이 많이 낀 환한 눈동자가 불안정하게 떨고 있었다. "마누라가 술고래였다우. 속 꽤나 썩었지." 그 결과 그는 결혼을 강력히 반대하는 관점을 취했다. 그가 말했다. "옛말에 이런 말이 있다우. 하느님이 사람

*영국의 작곡가이자 소설가, 배우이기도 한 찰스 딥딘(Charles Dibdin, 1745~1814)이 만든 노래. 600여 곡이 넘는 노래를 작곡하였으며, 당시 영국에서 가장 다작한 가수 겸 작사가였다. 그중에서도 일명 바다 노래인 "톰 보울링"이 가장 유명하다.

들을 만들었고, 악마가 사람들을 결합시켰다."

　나는 그가 자신의 경험을 정당화한다는 생각이 들었다. 음울한 이야기가 이어졌다. 그는 토요일에 집에 3파운드를 가지고 왔으며, 월요일에는 모든 옷가지가 전당 잡혀 있었다. 쓸데없이 발버둥치는 데 진저리가 난 그는 돈벌이가 되는 계약을 포기하고 보수가 적은 하찮은 일자리에 만족해했다. "내게는 벌이가 형편없는 일이 벌이가 좋은 일만큼이나 좋았다우. 뭐 달라지는 게 없었으니까." 아내가 행실을 바르게 고쳐먹으려는 조짐을 보인 적도 있었다. 몇 주 동안 계속해서 몸을 제대로 가누었던 것이다. 그때는 또다시 열심히 최선을 다해 일할 만한 가치가 있었다. 남편은 집에서 좀 떨어진 곳에서 좋은 일자리를 찾았으며 아내는 돈을 벌어볼 요량으로 식당을 차렸다. 아이들은 생쥐들처럼 분주하게 이리저리 오갔다. 은행에 저축한 돈이 점점 쌓이기 시작했으며, 그 불행한 가족에게 다시 희망의 황금기가 돌아왔다. 그러던 어느 주에 남편이 일찌감치 일을 끝마치게 되어 토요일 대신 금요일에 집에 왔는데, 아내가 술에 취해 휘청거리며 맞이했다. 그는 "아내의 두 눈이 시퍼렇게 멍들도록 때렸다." 이 점에 대해 나는 그가 한 짓을 눈감아주었다. 그는 식당 문에 못을 박아버리고, 일자리를 포기하고, 가난한 삶을 운명이라고 체념하며 결국에는 구빈원에 몸을 맡겼다. 아이들은 성년이 되자 집에서 도망쳐 다른 여러 나라에 정착하였다. 일부는 잘 정착했으나 일부는 그렇지 못했다. 하지만 그는 술고래 아내와 함께 덩그러니 고향에 남아 있었다. 이제 그의 기력은 다 떨어지고 다재다능한 기량은 쇠약해지고 쓸모없게 되었다.

그녀는 이제 죽었을까? 아니면 그 모든 세월이 흐른 뒤에도 여전히 그는 고리를 끊고 철부지 소년처럼 집에서 달아나고 있는 것일까? 나는 어느 쪽인지 알 수 없다. 그러나 그는 여기서 적어도 모험에 나서고 있었으며, 탑승객들 중에서 여전히 가장 용감하고 가장 패기 있는 남자들 중 한 명이었다.

"음, 이제 다시 늙어빠진 몸을 놀려야 할 거 같소. 그래도 아직은 쓸만하다우."

그렇다면 그가 만나러 가고 있는 아들이 그를 부양할 수는 없냐고 물었다.

"아, 그럴 수 있지요. 하지만 난 일거리를 얻을 수 없으면 행복하지 않다우. 게다가 난 튼튼해서 뭐든지 거의 다 먹을 수 있소. 보다시피 난 허약하지 않다우."

술고래 아내에 대한 이 이야기는 배에 탑승한 또 다른 술고래 아버지의 이야기와 아주 유사했다. 그는 출세할 좋은 기회가 있던 유능한 사람이었다. 그러나 한참 잘 나가고 있는 사업을 두 번이나 셰리주처럼 말아먹었고, 자신과 더불어 아들들까지도 폭삭 망하게 했다. 이제 그들은 우리와 같이 배에 타 처참한 지역에서 달아나고 있었다.

모든 금욕적인 결말처럼, 절대금주는 매우 너그럽고 쾌활하고 인간적인 면과는 우호적이지 않다. 이 점에 대해서는 배에 탄 일행들 사이에 벌어졌던 여러 논쟁과 사례를 제시할 수 있을 것이다. 나는 어느 날 친절하고 유쾌한 스코틀랜드인과 대화를 나누고 있었는데, 육체적으로는 살이 너무 많이 쪄서 땀을 뻘뻘 흘리고 있었지만 시와 유머감각에 대한 취향이 남달랐다. 나는 그에게 이민의 희망이 무엇이냐고 물어보았다. 다른 여러 사람들과 마찬가지로 막연하고 근거 없는 희망이었다. 고향은 경기가 나쁜 시기였으며, 미합중국에서는 형편이 좀 나아질 수 있을 거라고 사람들은 말했었다. 그는 사람은 어디서든 살아나갈 수 있다고 생각했다. 그 점이 바로 그가 취하는 약점이었다. 만약 그가 아메리카에서 살아나갈 수 있다면 왜 스코틀랜드에서는 똑같이 살아나갈 수 없는가? 하지만 나는 그러한 논쟁을 벌일 자신이 없었다. 혀끝에서 말이 뱅뱅 돌기는 했지만 말이다. 대신 나는 그의 말에 진심으로 수긍하면서 이런 무모한 말을 만들어내 덧붙였다. "일에 몰두하고 술을 멀리한다면 말이지요."

"아아!" 그가 느릿느릿 말했다. "술이라! 바로 그게 문제라오!"

그가 묘하고 소심한 눈빛과 동시에 맞을 짓을 했다는 것을 아는 착한 아이처럼 약간 부끄러워하면서도 약간 후회하는 듯한 눈빛으로 나를 바라보며 순진무구하게 이야기하는 모습을 보고 있으려니 측은했다. 어쩌면 그는 타고난 운명을 깨닫고 그 결과를 온순하게 받아들이는 것인지도 모른다. 상인 아부다*와 마찬가지로, 그는 전 재산인 6기니를 탈탈 털어 자신의 운명으로부터 달아나면서 동시에 운명의 무게도 짊어지고 가고 있었다.

내가 본 바로는 음주, 게으름, 무능력함이 이민의 세 가지 주요 원인이고, 그중에서도 무엇보다 음주가 가장 커다란 원인이었는데, 내게는 이처럼 해외로 이주하는 편법을 쓰는 것이 제일 어리석은 치료법인 것으로 보였다. 우리는 약점으로부터 도망칠 수 없다. 시간을 갖고 싸워 내거나 아

---

*제임스 리들리의 『지니 이야기』(1781)를 비롯, 그가 쓴 여러 페르시아 동화에 나오는 중심인물 중 하나. 상인 아부다는 부유한 자선가인데 밤마다 잠을 못 이룬다. 침실 벽 안의 상자에서 밤마다 아주 작은 쭈그렁 할망구가 목발을 짚고 깡충깡충 뛰어나와 진정한 만족감을 주는 "아리만(악의 화신)의 부적을 찾아내라고 하기 때문이다. 이에 아부다는 그 부적을 찾아 모험을 떠난다.

예 싹을 잘라버려야 한다. 만약 그렇게 할 수 있다면, 왜 지금 있는 곳에서는 안 되는가? "서둘러 바다를 건너가는 이들이 바꾸는 것은 그들의 영혼이 아니라 하늘이다."* 스코틀랜드 위스키 글렌리벳을 미국산 위스키 버번으로 바꾸어도 술은 여전히 술일 뿐 좋은 것이 아니다. 항해는 값싼 쾌락을 버릴 용기를 주지 않을 것이다. 이민은 배에 오르기 전에 이미 마쳐져 있어야 하며, 인생의 목표는 진정한 가치가 있는 것을 찾는 것일 뿐이다. 그리고 그 행운은 타국에서가 아니라 마음속에서 찾을 수 있다.

일반적으로 말해서, 이런 종류의 악덕보다 더 가증스러운 것은 없다. 저마다 비극적으로 난파한 영혼의 겉으로 드러나는 흔적이자 결과일 뿐이기 때문이다. 대부분의 경우, 값싼 쾌락은 감정을 누그러뜨리는 식에 기댄다. 쾌락을 추구하는 사람은 높고 도달하기 어려운 야망을 갖고 인생에 대해 피력한다. 즉, 그가 뜻하는 바는 고귀한 선과 고귀한 행복이다. 비록 스스로는 가능한 한 별 수고를 들이지 않을지라도 말이다. 그리고 그가 거룩한 기획에서 참패했기 때문에 우리는 지금 그가 쓰레기통에서 굴러다니는 모습을 보고 있는 것이다. 이런 이유로 절대금주 서약의 성공은 상대

*로마의 시인 호라티우스가 했다는 말이다.

적인 것이다. 인생의 목표가 아무것도 없는 사람에게 적어도 인생에 부정적인 목표가 세워지기 때문이다. 죄수들이 거미를 길들이며 지루한 나날을 어느 정도 잊듯이, 개심한 술고래는 술을 자제하는 것에 흥미를 갖게 되며, 바로 그러한 부정을 위하여 살아갈 수 있다. 적어도 날마다 "해서는 안 되는 것"이 있으며, 그래서 저녁마다 냉혹한 승리가 그를 기다리고 있는 것이다.

우리와 같이 승선한 사람 중에 아까 맥케이라는 이름을 거론한 적이 있다. 내게는 그가 바로 지금 우리가 이야기하고 있는 "인생에서 실패한 사람"의 좋은 예일 뿐만 아니라, 승선한 사람 중 내 주변에서는 지적인 사람의 좋은 유형으로 보였다. 신체적으로는 몸집이 자그마한 스코틀랜드인으로 허리를 조금 뒤로 젖혀 서면 배가 볼록하게 나왔으며, 외모는 작은 눈 때문에 다소 보기 흉했다. 정신적으로는 평균 이상을 부여받았다. 대화 시에 주제를 이해하지 못하거나 재치가 번득이지 않는 때가 거의 없었다. 자신만의 격언을 즐기는 사람처럼 천천히 그러면서도 열성적으로 의견을 피력했다. 그는 노골적이고 재빠르게 주제를 꿰뚫는 토론자였다. 작은 소리로 조곤조곤 이야기하며, 논거를 개시하고 강조하려고 홱 뒤돌아서곤 했다. 토론을 시작하면 중단

하는 것을 참을 수 없어 했지만 한번도 요점을 포기하지 않고 투철하게 주제를 관철했다. 직업이 기관사였던 맥케이는 인체 기관을 제외한 모든 기계의 무제한적인 완벽성을 믿었다. 그는 인체 기관을 죽은 짐승의 썩은 고기와 제어하기 힘든 방귀의 혼합물이라고 조롱하며 포기했다. 그는 연계성 없는 여러 사실에 대한 취향이 남달랐는데, 이는 구슬 목걸이를 엮듯 여러 사실을 묶는 데 맹렬한 취향을 가진 것이라고밖에는 볼 수 없다. 그는 소위 정보라는 것에 열성적이었으며, 정보를 받아들이는 것을 기뻐했을 뿐만 아니라 현물로 되갚기도 했다.

이러한 모든 능력을 갖췄음에도 불구하고 이미 더 이상 젊지 않은 맥케이는 우리와 함께 배를 타고 새로운 나라로 가는 길이었다. 전망도 없고, 돈도 없고, 희망도 별로 없었다. 그는 거의 진저리치며 자신의 절망을 냉소적으로 드러내었다. "지금이든 내일이든 나를 위해 배가 가라앉을 걸세. 나는 잃을 것도, 바랄 것도 없어"라고 하거나 "저 망할 놈의 공연은 정말 지긋지긋해"라고 했다. 앞서 언급한 남자와 마찬가지로 그는 소위 또 하나의 "술병의 희생자"였다. 하지만 맥케이는 자신의 약점을 천하에 공표하는 것과는 거리가 멀었다. 그는 자신의 실패를 부패한 지배자들과 부패한

국가 정책 탓으로 돌렸다. 그러더니 어느 밤 거나하게 술에 취해 광대 같은 짓을 한 뒤에는 자신의 일탈과 관련된 모든 것을 요령껏 단호하게 부정했다. 그가 다음과 같이 하는 것을 보고 있노라면 무척 재미있었다. 즉, 다양한 어릿광대들을 모아놓고 그의 시선 아래에서 위축하게 하고는 마치 의회의 강력한 통치자처럼 굴며 자신의 강력한 힘을 인정하도록 명령하는 모습 말이다. 사실 그를 망가뜨린 것은 위스키가 아니었다. 그는 대화를 나누는 것 말고는 이미 오래전에 인간이 가진 선한 의지가 망가져 있었다. 천박하면서도 단순하고 판에 박힌 물질주의로 두 눈은 봉해져 있었다. 그는 세상에서 돈과 증기기관차밖에는 아무것도 볼 수 없었다. 행복이라는 단어가 무엇을 의미하는지 알지 못했다. 어린 시절의 순박한 감정을 잊고 살았으며, 어쩌면 청춘의 기쁨을 한 번도 접해보지 못했을 것이다. 그는 경제의 유용한 가공의 산물인 생산품을 믿었다. 마치 그것이 웃음소리만큼이나 진짜였다는 듯 말이다. 또 하나의 생산품인 술에 대한 편견은 없어서 술은 그에게 신이자 인도자였다.

어느 날 그는 내게 문학에 대한 초과 지불을 몹시 비난했다. 어쨌든 내게는 참신한 외침이었다. 그가 말하기를, 문필가는 기능공보다 훨씬 더 높은 보수를 받는다는 것이었다. 기능공은 탈곡기와 버터 교반기를 만드는 데 반해 문필가는 몇 권의 유용한 안내서라고 할 만한 것을 빼고는 전혀 가치 있는 것을 만들어내지 못하는데 게다가 그것마저 공상의 물품에 불과하다는 것이었다. 책에 대한 맥케이의 개념은 『호퍼스 도량법』*과 같은 것이었다. 지금 나만 해도 그 책을 갖고 있으며 심지어 그 책을 연구하기까지 했다. 하지만 만약 내가 내일 후안페르난데스제도**에 남겨진다면 벗으로 고르는 책이 『호퍼스 도량법』은 아니다.

　나는 맥케이와 바로 그 점에 관해 논쟁을 벌이려고 했다. 그의 관점에서는 아무짝에도 쓸모없는 무의미한 책을 읽는 즐거움을 느끼게 하고 싶었다. 하지만 지나치게 경계한 나머지 응낙은커녕 한 단계도 진전할 수 없었다. 책에는 이미 만들어져 있는 즐거움이 샘에서 흘러나오는 반면, 쟁기와 버터 교반기는 사람들이 즐거움을 추구하려 하기에 앞서 필요한 음식과 여가를 주는 수단과 방법일 뿐이라고 논쟁해봤자 소용없는 일이었다. 그는 어물어물 주저하며 그러한 결론을 회피하려 들다가 그건 별개의 문제라고 딱 잘라 말했

---

*영국의 측량사인 에드워드 호퍼스의 책. 그의 검량방법은 영국과 영연방국가에서 사용되었다.
**태평양 남동부의 칠레령領의 세 섬으로 이루어진 제도.

다. 그러면서 음식과 관련된 것 외에는 아무것도 쓸모가 없다고 했다. "먹는 것, 먹는 것, 먹는 것! 그게 전부라고!" 그가 외쳤다. 기묘하게 역설적인 상황이 벌어졌다. 이 토론에 점점 흥미를 갖게 되어 시간이 가는 것도 모르고 결국 차를 마실 시간도 놓치게 된 것이었다. 그는 감각과 유머가 풍부한 사람으로 실제로 둘 중 어느 것도 부족하지 않았기에 이 토론을 두고 남몰래 혼자 낄낄거렸을 것이다. 심지어는 내게도 입가에 엷은 미소를 띠며 그랬다고 했다.

맥케이는 편견이 불같이 심한 사람이었다. 종교에 대해 들으려 하지 않았다. 나는 그가 본인은 물론 논쟁하는 사람들 스스로도 이해하지 못하는 온갖 부류의 가엾은 사람들과 논쟁하는 데 몇 시간이나 허비하는 것을 보았다. 그리고 심지어 수수께끼 심리테스트 같은 아주 하찮은 문제를 비평하고 분석하는 유치한 면이 있었다. 그는 지적 싸움에 대해 강렬하게 열망하면서도 큰소리로 코웃음을 치곤 했다. 그것이 무엇이든, 그 어떤 것이라도 그에게는 옥수수라든가 증기기관과 같은 생산품에 대한 지속적인 열정을 꺾어버리려는 것처럼 보였기에 그는 마치 사람에 대한 음모처럼 분개해 했다. 그래서 내가 문학을 변명하려고 끼어들어 좋은 책이나 좋은 사람과 어울렸을 때만이 사람은 자신의 품행에 도움을 받을 수 있다고 했을 때, 그는 내가 그와 딴 세상에 살고 있다고 딱 잘라 말했다. "뭔 빌어먹을 품행! 난 그딴 성가신 거 일찌감치 포기했다고! 내 문제는 '내가 과연 못을 박을 수 있을까?'라고!" 그리고는 내가 마치 옥수수와 증기기관의 연간 생산량이 넘쳐서 교활하게 그것을 감소시킬 방안을 찾는 사람인 듯 나를 빤히 쳐다보았다. 이러한 견해는 문화의 결함에서 비롯된다고 주장할 수 있다. 편협하고 궁핍한 삶의 방식은 사람에게 물질적 조건의 중요성을 과장하게 할 뿐만 아니라 간접적으로는 책과 여가의 필요성을 부정하게 함으로써 보다 폭넓은 사유에 대해 무지하게끔 한다. 그리고 그런 이유로 식단에 대한 극도의 우려를 낳게 하며, 또 그런 이유로 맥케이가 천명하는 거두절미한 관점이 존재하는 것이다. 만약 영국의 농부가 그런 관점을 주장했다면 사리에 맞는 결론이었을 것이다. 하지만 맥케이는 직업이나 전문 교육보다는 인격 교육에 치중하는 요소들을 대부분 갖고 있었다. 그는 형이상학적이고 수리적인 문제에 대한 언급을 회피했다. 자신이 알고 있는 것에 대한 생각이 확고했는데 이는 작업대의 인부들 사이에서는 예외적일 것이다. 그는 신앙심이 독실한 가정에서 자란 것에 대해 자부심이 있었는데 이는 평상시 그의 모습과 도통 앞뒤가 맞지 않았다. 어쨌든 그는 모순된 자부심을 갖고 형제의 임종 자리에서 느꼈던 희열에 관해 이야기했다. 그럼에도 그는 성취감을 느끼지 못했으며, 희망도 없고 적극적으로 선호하는 것도 없고 목표를 형성하지도 않고 외부 환경들 사이에서 죽은 듯 표류하고 있었다. 게다가 그가 어울리는 여러 친구들과 똑같이 아무 내용도 없고 매력도 없는 견해에 빠지는 경향이 있는 것으로 보였다. 정말로 스코틀랜드에서는 배울 수 없는 것이 한 가지 있는데, 그것은 바로 행복해지는 방법이다. 그렇지만 그게 전체적인 문화이며, 어쩌면 문화의 3분의 2는 도덕성일 것이다. 청교도파가 본성으로부터 인간을 분리시키고 본능을 숨아냄으로써 전 분야에 걸친 인간의 활동과 관심을 불허한다는 낙인을 찍었기 때문에 결국엔 물질적 탐욕으로 곧장 이어지는 게 아닐까?

　본성은 삶으로 이끄는 훌륭한 인도자이며, 소박한 즐거움을 좋아하는 것은 우월까지는 아니라 하더라도 거의 미덕이라고 할 수 있다. 우리 배에 바니라고 불리는 아일랜드 남자가 한 명 승선했는데, 그는 본성에 충실하고 행복하다는 바로 이 두 가지 특성에 기반해 매우 폭넓고 애정 어린 인기를 얻었다. 바니는 생기 넘치는 혈색과 아담한 체구, 억누를 수 없는 흥, 지칠 줄 모르는 선의를 뽐냈다. 옷차림은 그가 어떤 특성을 가진 사람인지 혼란스럽게 만들었는데 그가 한때 개인 소유의 마부였다는 말을 들은 뒤에서야 비로소 옷차림이 웅변하는 바를 알게 되었고 그의 이력의 한 부분인 것처럼 보였다. 얼굴에는 나머지 이력이 들어있었는데 내 생각에는 미래에 대한 예언까지 담고 있지 않을까 싶다. 매부리코는 바로 밑에 있는 갓난아기 같은 입술과 정말이지 어울리지 않았다. 그의 기상과 자긍심이 바로 그 코에 있다고 할 수 있겠다. 반면, 입술은 그에게 내던져지는 상황에 따라 전반적으로 무기력하게 표현되었으며, 결국에는 이민선에 승선하도록 했다. 바니는 소위 조리실에서 나오는 음식을 아무것도 먹지 않았다. 차와 버터, 계란이 항해하는 내내 그를 지탱시켜 주었다. 식사 시간 즈음에는 어설픈 요리법에 몰두한 그를 수시로 볼 수 있었다. 노래를 부를 때는 모든 승객들 중에서 그의 목소리가 제일 먼저 들렸으며, 제일 먼저 춤을 추기 시작하는 것도 그였다. 포일호에서 샌디후크까지 가는 동안 바니가 맡은 것 중에 재미있지 않은 것은 하나도 없었다.

콘서트에서 노래를 부르려고 일어나서는 그 아담한 체구를 앞뒤로 움직이며 발은 공중에서 이리저리 끌고 눈으로는 관객들을 격려하고 응원을 청하며, 익살과 진심 사이,

우아함과 어설픔 사이를 아주 멋지게 계산해서 허리 굽혀 절을 하며 노래를 마치는 모습을 여러분이 못 봐서 안타까울 따름이다. 그는 우리들 사이에서만 대단한 인기를 끈 게 아니라 1등실에 있는 지체 높으신 분들까지도 사로잡아 수시로 최상갑판의 난간 너머로 몸을 기대어 그의 노래를 듣곤 했다. 그는 이러한 관심을 어느 정도 반겼으며 전혀 겸연쩍어하지 않았다. 그러던 어느 날 밤, 그가 그 유명한 민요인 "빌리 키오"를 한창 공연하는 와중에 나는 그가 피루엣*을 반 바퀴 돌고는 위에 있는 노신사에게 대담하게 윙크하는 모습을 보았다. 그 모습은 한층 더 특색 있었는데, 왜냐하면 아무리 그가 까불며 놀아도 우리들 사이에서는 매우 겸손하고 예의 바른 친구였기 때문이다.

그는 파리 한 마리의 감정조차 상하게 하지 않을 사람이었다. 또 항해하는 내내 남을 불쾌하게 하거나 모욕하는 기미를 조금도 보이지 않았다. 그렇지만 천진난만하게 거리낌 없이 굴고 재미있는 것을 좋아했기에 정중함이란 것이 넘어지지 않고 걸어야 하는 게 자연스러운 곳에서 언제나 아슬아슬한 상황을 초래했다. 한번은 심하게 화를 낸 적이 있었는데 게다가 그것도 아주 침착하고 조용한 방식이

*발레에서 한쪽 발로 서서 빠르게 도는 것.

었다. 금요일에 생선을 제공하지 않았기 때문이었다. 그만큼 바니는 신실한 가톨릭교도였다. 마찬가지로, 그는 고상한 것에 대한 엄격에 개념을 갖고 있었다. 어느 날 저녁 늦게 여자들이 자러 간 뒤, 한 젊은 스코틀랜드 남자가 음탕한 노래를 부르기 시작하자 바니의 칙칙한 황갈색 옷이 그 즉시 사람들 사이에서 사라졌다. 그의 취향은 신사들에게 어울리는 것으로, 독자들께 양해를 구한다면, 우리가 머무는 다섯 개의 3등실과 2등실에도 부족함이 없었다. 또한 그는 연약한 소녀처럼 겁을 내며 거칠고 독단적인 사람들을 피했다. 맥케이는 한편으로는 월등한 정신적 능력 때문에 이해하기가 어려웠고 또 한편으로는 극단적인 관점을 소유하였기에 특히 바니에게는 혐오스러운 존재였다. 맥케이가 특유의 재치 넘치고 추악한 방식으로 하느님에 대한 적대감을 천명하며 현장에서 배가 난파당하는 극단적인 연극을 준비하고 있을 때 나는 바니가 섬세한 감성에 상처를 받아 공포에 질린 모습으로 뒤로 슬그머니 내빼는 모습을 본 적이 있다. 이러한 언행들이 마치 욕설처럼 겸양을 갖춘 작은 마부의 마음에 상처를 주었기 때문이리라.

병자

어느 날 밤, 존스와 아일랜드 청년 오라일리와 나는 서로 팔짱을 끼고 활기차게 갑판을 오르내렸다. 여섯 번째 종이 울렸다. 쌀쌀한 맞바람이 잠깐씩 불었고 가랑비에 안개가 젖어 있었으며 안개로 인해 가시성이 줄어들었을 때 배의 존재를 알리는 경고음이 켜졌다. 이제 여섯 번째 종으로 분할된 시간은 황소처럼 크게, 모기처럼 강렬하고 가늘게 떨며 반갑지 않은 고함을 지르고 있었다. 심지어 당직자조차도 어딘가에서 보이지 않게 쌔근쌔근 잠들어 있었다.

우리는 아까부터 갑판 배수구 안에서 등을 돌리고 몸을 둥글게 구부리고 누워있는 거무스름한 무언가를 보았다. 마침내 그 무언가가 가쁜 숨을 몰아쉬더니 끙끙 앓는 소리를 냈다. 우리는 난간으로 달려갔다. 나이가 지긋했으나 어둠 속이라 선원인지 승객인지 분간할 수 없었다. 그는 젖은 배수구에서 배를 바닥에 대고 엎드리고 있었으며, 발가락을 쭉 펼친 채 힘없이 발길질을 하고 있었다. 우리가 어디가 안 좋냐고 묻자 그는 말을 제대로 잇지 못하며 대답했다. 억양은 낯설었고 목소리는 공포에 질려 기어들어 가고 있었다. 위경련을 일으켜서 온종일 앓고 있었고, 의사에게 두 번 진찰을 받았으며, 피로를 풀어보려고 갑판에서 걷다가 그만 우리가 발견한 곳에서 이기지 못하고 쓰러졌다고 했다.

존스가 그 남자 곁에 남아 있는 동안 오라일리와 나는 의사를 찾으려고 황급히 자리를 떴다. 의사의 선실 문을 두드렸지만 허사였다. 대답이 없었다. 의사가 있는 곳에 안내해 줄 사람도 찾을 수 없었다. 신중하게 생각할 시간이 없었다. 그래서 우리는 다시 한번 앞으로 달려갔다. 나는 재빨리 사다리를 타고 올라가 당직 선원에게 모자에 가볍게 손을 대고 인사하며 최대한 정중하게 말했다.

"실례합니다만, 선생님. 갑판 배수구에서 극심하게 위경련을 일으켜 앓아누워있는 사람이 있는데 의사를 찾을 수가 없군요."

그는 어둠 속에서 나를 뚫어지게 바라보았다. 그런 다음 다소 매몰차게 말했다. "음, 이봐요, 나는 선교*를 떠날 수 없

어요." "압니다, 선생님. 하지만 어떻게 해야 할지는 알려줄
수 있잖아요." 내가 받아쳤다.

"승무원입니까?" 그가 물었다.

"화부**인 것 같습니다만." 내가 대답했다.

내 감히 말하건대, 배의 고급선원들은 사람들을 실어 나
를 때 여러 불평사항과 필요 이상의 불안을 조장하는 소식
에 크게 짜증을 낸다. 그러나 분명한 것은, 그 환자가 승무
원 중 한 명이든 아니면 내가 회유하느라 생각해낸 사람이
든, 문제의 그 고급선원이 즉각 안심하며 짜증이 누그러졌
다는 것이다. 그러더니 훨씬 덜 고압적인 목소리로 승무원
을 찾아 의사를 찾으러 보내라고 조언했다. 아마 지금쯤 흡
연실에서 담배를 피우고 있을 거라며 말이다.

승무원 중 한 명은 이 시간쯤 수시로 3등실 2호와 3호의
덮개문에서 보이곤 했다. 그곳이 밤에 그의 흡연실이었기
때문이다. 자, 그를 블랙우드라고 부르겠다. 오라일리와 나
는 헐레벌떡 갑판 덮개문으로 내려갔다. 블랙우드는 셔츠 바
람으로 목수의 작업대에 허벅지 한쪽을 걸치고 앉아 있었다.
말쑥하고 쾌활하고 작달막한 남자로 글래스고 출신으로 보

*배가 항해를 할 때 선장이 항해나 통신 따위를 지휘하는 곳. 일반적으로 배의
상갑판 중앙의 앞쪽에 높게 자리 잡은 위치를 이른다.
**기관(罐)이나 난로 따위에 불을 때거나 조절하는 일을 맡은 사람.

병자

였으며, 유리알 같은 눈동자에 말할 때는 콧소리가 줄줄 흘러나왔다. 그가 누구와 함께 있었는지는 까먹었지만 그 두 사람은 담배를 피우며 한가하게 대화를 나누고 있었다. 그는 하루의 일과에 지쳤으며 그 순간만은 굉장히 편안했을 것이다. 그리고 있는 그대로 말하자면, 나는 그의 기분을 전혀 고려하지 않은 채 단숨에 내 사정을 말했다.

"승무원님. 저기 한 사람이 위경련으로 쓰러져 있는데 의사를 찾을 수가 없습니다."

그는 참새만큼이나 민첩하게 내게로 고개를 돌렸으나 남자의 특권인 성난 얼굴이었다. 그리고는 담배를 입에서 빼내며 이렇게 말했다.

"그야 내 알 바 아니지요. 나랑 상관없잖아요."

나는 그가 앉아 있던 곳에서 그 작달막한 악당을 목 졸라 죽일 수도 있었다. 그의 객실 예절과 객실 팁을 생각하니 분노가 치밀어 올랐다. 나는 오라일리를 힐끗 보았다. 그는 얼굴이 파랗게 질려 온몸을 바들바들 떨면서 한 방 두들겨 팰 듯한 기세였다. 하지만 우리에게는 폭력보다 더 좋은 카드가 있었다.

"당신이 책임져야만 하는 일일 텐데요. 선교에서 고급선원이 보냈으니까요."

블랙우드는 말문이 턱 막혔다. 그는 아무 대답도 하지 않고 담뱃불을 끄고는 나를 죽일 듯 노려보면서 심부름길에 나서기 시작했다. 그날 이후로 그가 내게 좀 공손해졌다고 말해야 하리라. 마치 자신이 한 사악한 언행을 회개하고 있으며 좀 더 좋은 인상을 남기려고 안달하는 사람처럼 말이다.

우리가 다시 갑판으로 돌아왔을 때, 존스는 여전히 아픈 남자의 곁에 있었다. 그리고 뒤늦게 온 두세 명이 둥그렇게 모여 여러 의견을 제시하고 있었다. 한 사람은 환자에게 물을 주려 했으나 즉각 반대 의견에 부딪혔다. 또 한 사람은 우리더러 환자를 떠받치라고 시켰는데 정작 환자 자신은 제발 누워있게 해달라고 간청했다. 하지만 최소한 물이 줄줄 흐르는 갑판에서 멀리 떨어져 있도록 하는 편이 나았기에 오라일리와 나는 그를 우리 사이에 받쳤다. 우리는 그렇게 하는 데 혼신의 힘을 기울여야 했으며, 수월한 일도, 또 유쾌한 일도 아니었다. 그가 기겁한 아이처럼 발작을 일으키고 있는데다 우리가 억제시키자 체념하며 몹시 처량하게 신음했기 때문이다.

"오, 제발 누워있게 해주세요!" 그가 애원했다. "아무리 해도 나아지지 않을 거요." 그러더니 내 가슴을 후벼 파는 신음 소리를 내며 말했다. "오, 내가 왜 이 끔찍한 여행을 할

병자

생각을 했을까?"

얼마 전에 요동치는 폐쇄된 3등실에서 들었던 노래가 생각났다. "오, 내가 왜 고향을 떠나왔던가?"

한편, 존스는 즉각적인 임무에서 벗어나 조리실로 가려고 자리를 떴다. 불빛이 흘러나왔기 때문이다. 그곳에서 그는 요리사가 때늦게 랜턴 두 개를 환하게 켜놓고 냄비를 박박 닦는 모습을 보았다. 그는 그중 하나를 빌려 가려고 했다. 요리사가 설거지하다가 뒤를 돌아보았다.

"승무원인가요?" 그가 물었다. 그리고 이때 내 논리에 빠졌던 존스는 화부라며 그를 안심시켰다. 그는 마지못해 닦고 있던 냄비를 내려놓고 유유히 우리 쪽으로 왔다. 랜턴 하나가 손끝에서 흔들리고 있었다. 불빛이 현장에 다다르자 나이가 지긋한 남자를 비추었다. 몸집이 떡 벌어지고 머리가 희끗희끗했다. 하지만 거칠게 이리저리 움직이는 그림자들로 인해 표정이라든가 심지어는 얼굴 생김새마저도 제대로 볼 수 없었다.

요리사는 그에게 시선을 고정시키자마자 일종의 휘파람 소리를 냈다.

"뭐야, 승객이잖아!" 그렇게 말하더니 뒤돌아서 랜턴까지 갖고 조리실 쪽으로 향했다.

"상남자군." 존스가 발끈하며 소리쳤다.

"아무도 여자라고 말하지 않았소!" 걸걸한 목소리가 들려왔다. 나는 갑판장의 목소리라는 것을 알았다.

그러는 내내 블랙우드나 의사에게서는 아무런 소식이 없었다. 그리고 이제는 갑판장이 우리 쪽으로 오더니, 최상갑판 난간 너머로 의사가 아직도 안 왔냐고 물었다. 우리는 안 왔다고 했다.

"안 왔다고?" 그가 화가 나 씩씩거리며 반복했다. 우리는 그가 몸소 배의 고물 쪽으로 황급히 가는 것을 보았다.

10분 뒤 의사가 아주 침착하게 나타나더니 랜턴을 들고 환자를 진찰했다. 의사는 환자의 병세를 대수롭지 않게 보고 고물 쪽에 있는 의무실로 데려가 약을 먹이고는 침상으로 다시 데려가라고 했다. 3등실에서 옆자리에 있던 사람 둘이 우리를 도우러 와서 "이렇게 멀쩡하고 건장한 몸뚱이"가 병이 났다면서 큰 소리로 슬픔을 토로했다. 그 사람들은 일종의 소유권을 주장하면서 자신들이 데려가 직접 돌보겠다고 했다. 아마 약이 통증을 덜어주었을 것이다. 더 이상 저항하려고 몸부림치지 않았으며, 애처롭게 견디며 잘 따라와 주었기 때문이다. 3등실에 갈 생각을 하자 그의 마음이 위축되었다. "오, 제발 이 피난처에서 누워 있게 해주세요."

그가 울부짖었다. "오, 제발 나를 치우지 말아달라고요!" 그러더니 다시 "오, 내가 왜 이 끔찍한 여행을 할 생각을 했을까?"라고 울부짖었다. 그러더니 다시 한번 가쁜 숨을 몰아쉬고 통곡하며 네 번째 말을 이었다. "여기에 올 필요가 없었는데……." 하지만 그는 여기에 있었다. 그리고 의사의 지시에 따라 같은 배를 탄 동료 둘이 어쩔 수 없이 그에게 할당된 불결한 처소인 3등실 1호의 덮개문 아래로 데려갔다.

내가 블랙우드를 발견한 바로 그 덮개문 아래에서 존스와 갑판장은 이제 잡담을 나누고 있었다. 갑판장은 우락부락하고 잔혹해 보이는 뱃사람으로 거의 반세기 가까이 바다에서 보냈던 게 틀림없었다. 네모난 얼굴, 염소수염처럼 숱이 적고 별로 길지 않은 턱수염, 짙은 금발 눈썹, 눈동자에 광채는 없었으나 흔들림 없이 확고하고 냉엄한 눈빛이었다. 나는 그가 내뱉은 거친 언사를 잊지 않고 있었다. 하지만 나는 또한 그가 랜턴에 관해 우리를 도와주었던 것도 기억하고 있었다. 그런 그가 지금 존스와 대화를 나누는 것을 보고 있자니 분노가 들끓어 울컥했다. 나는 울분을 터뜨리기 시작했다.

"흠, 당신네 승무원 참 칭찬받을 만합디다." 그리고는 무슨 일이 벌어졌었는지 격노하며 들려주었다.

"난 그 사람과 아무 상관없소." 갑판장이 대답했다. "그들은 너나 할 것 없이 다 마찬가지요. 당신들이 죄다 죽은 채로 시체들이 겹겹이 쌓여있는 것을 봐도 개의치 않을 거요."

그것으로 충분했다. 그날 저녁의 경험은 내게 아주 약간의 인간애가 생기는 데 크게 영향을 주었다. 갑판장과 나 사이에 즉시 공감대가 형성되었다. 그리고 그날 밤, 또 그날로부터 며칠 동안 나는 그를 더욱 높이 평가하게 되었다. 그는 주목할 만한 유형으로 책에서 볼 수 있는 부류의 사람이 전혀 아니었다. 그는 영국의 깃발 아래 세바스토폴*에 있었다. 그리고 또다시 "앨라배마** 이후로는 다시는 앨라배마를 찾는 일이 없도록 하느님께 기도하며" 미합중국 함선에 있었다. 그는 고매한 토리당원이었으며 고매한 영국인이었다.

*흑해 연안의 크림반도 남서부에 위치한 항구도시. 근동과 발칸 지방의 패권을 두고 남하정책을 추진하던 러시아와 이를 저지하려는 유럽 열강이 충돌. 이곳에서 크림전쟁이 발발하여 1854년 10월 연합군의 포격과 함께 세바스토폴 공방전이 시작되었고, 이는 1855년 8월 27일까지 무려 349일 동안 지속되었다. 이 전투에 포병 장교로 참여했던 톨스토이는 후에 소설 『세바스토폴 이야기』에서 그 참혹상을 생생하게 묘사했다. 전쟁 이후 폐허가 된 세바스토폴은 전략적으로는 그 중요성을 상실하게 되었으나, 크림반도 관광의 중심지로 거듭나기 시작했다. 그러나 곧 제2차 세계대전이 발발하면서 또 한 번의 전쟁을 겪게 되었다.
**16세기에 에스파냐인 H. 데소토가 탐험하였고, 1711년 프랑스인이 정착하기 시작하였으며, 1763년 영국령領이 되었다. 1819년 22번째의 주州로 합중국에 편입되었으나 1861년 남북전쟁의 결과, 남부의 다른 10개 주와 함께 합중국에서 이탈하였다. 그 후 1865년 연방 복귀를 선언하고 노예제도를 폐지, 1868년 다시 미합중국에 가맹하였다.

그 어떤 공장주도 노동자와 파업에 대해 그보다 더 적대적인 견해를 가질 수 없으리라. 그는 말했다. "노동자들은 조국에 대해 눈곱만큼도 생각하지 않소. 오로지 자기 자신만 생각하지. 지긋지긋하게 탐욕스럽고 이기적인 자들이오." 그는 잉글랜드의 쇠퇴에 대해 들으려 하지 않으며 이렇게 주장했다. "노동자들은 아메리카에서 우리에게 쇠고기를 보낸다고들 합디다. 그런데 누가 그 돈을 지불합니까? 세상의 모든 돈은 잉글랜드에 있소." 그의 말에 따르면, 영국 해군은 있을 수 있는 최상의 군대였다. "어쨌든 장교들은 신사들이오. 그리고 장교로 임관되지 않은 빌어먹을 자가 죽어라 괴롭힐 수도 없소. 여러분이 육군에서 하듯이 말이오." 여러 나라들 가운데 잉글랜드가 단연 최고였다. 그다음이 프랑스였다. 그는 프랑스 해군을 존경하였으며 프랑스인들을 좋아했다. 만약 인생에서 새로운 선택을 할 수밖에 없다면 그는 "하느님께 맹세코 프랑스인이 되고자 했을 것이다!" 그의 외모와 거칠고 쌀쌀맞은 태도에도 불구하고 나는 어린아이들이 그를 전혀 무서워하지 않는다는 사실을 주시했다. 아이들은 즉시 그를 친구로 여겼다. 어느 날 밤, 그의 손과 옷에 하얀 분필을 칠했을 때 그 무시무시하게 생긴 뱃사람이 어린아이처럼 천진난만하게 장난치며 낄낄거리는 소리를 들고 있자니 어쩐지 좀 어울리지 않는다는 생각이 들었다.

아침에 처음으로 든 생각은 그 병자에 관한 것이었다. 나는 그를 알아보지 못할까 봐 걱정되었다. 랜턴 불빛으로는 도저히 알아볼 수 없었기 때문이다. 또 그가 스코틀랜드인인지 잉글랜드인인지 아일랜드인인지도 확실히 판단할 수 없었다. 그는 분명 북부 지역의 말투와 모음을 생략한 소리를 냈다. 하지만 억양과 발음이 내 귓가에는 어딘가 낯설고 조화롭지 않았다.

공복에 3등실 1호로 내려가는 것은 일종의 용기를 필요로 하는 모험이었다. 악취가 지독했다. 사람들은 저마다 끔찍한 종류의 치즈 냄새 같은 것을 목구멍으로 맛보며 숨 쉬고 있었다. 그리고 황혼이 지면서 그토록 많은 사람들이 침상 속으로 기어들어 가면서 그곳의 불결한 면은 더욱 악화되었다. 그 병자를 위해서만이 아니라 나 자신을 위해서도 기뻤던 점이 있었다면, 그것은 병자가 한결 나아져서 갑판으로 나갔다는 말을 들었을 때였다는 것을 여러분은 짐작할 수 있으리라.

아침은 몹시 춥고 안개가 잔뜩 끼었다. 햇살로 인해 안개가 온통 분홍빛과 호박빛으로 물들긴 했지만 말이다. 여전히 안개를 조심하라는 고동소리가 코 골 듯 간헐적으로 울렸으며, 설상가상으로 선원들은 이제 막 갑판을 씻어내기 시작하고 있었다. 하지만 병자에게 그곳은 3등실과 비교했을 때 천국이었다. 그는 갑판 1등실 바로 앞에 있는 온수관 위에 서 있었다. 내가 상상했던 것보다 더 작고 평범해 보였다. 하지만 색다르고 매혹적인 눈동자 때문인지 얼굴이 눈에 확 띄었다. 눈동자는 멀리서 보면 투명한 회색이었지만 자세히 들여다보면 온통 황금빛으로 빛깔이 바뀌었다. 태도는 온화하고 조금도 꾸밈이 없었다. 그리고 얼마 안 가 일단 대화가 시작되자 그가 대화를 굉장히 반긴다는 사실을 알았다. 아일랜드 출신이기 때문인지 아주 자연스러운 방식으로 아일랜드의 억양과 언어가 형성되었으며, 타인강 가에서 25년을 살았고 스코틀랜드 태생의 아내와 결혼했다고 했다. 낚시철에는 어부로서 피셔로우에서 휘트비*에 이르기까지 동해안에서 물고기를 잡았다. 낚시철이 끝나면 다음 해 봄까지 해안에 정박한 일손이 필요한 대형 선박에서 용광로와 관련된 일을 하거나 부두에서 하역 노동자로 일했다. 비교적 변변찮은 이러한 삶의 방식을 통해 그는 안락한 집과 목초장, 정원에 관해 이야기할 수 있을 정도로 먹고살 만

*피셔로우는 스코틀랜드의 항구이자 이전에 낚시마을로 유명했으며, 휘트비는 잉글랜드 동북부의 항구도시.

한 재산을 모았다. 기량이 뛰어난 대단히 많은 기능공들이 굶주림을 피해 달아나고 있는 이 배에서 그는 뉴욕에 있는 형제를 방문하기 위한 즐거운 여행을 하고 있던 것이었다.

그는 출발하기 전에 사람들한테서 3등실과 3등실 식사에 대해 미리 경고를 받았으며, 햄과 차, 향신료를 넣은 빵을 한덩이 가져가라고 권유받았지만 그러한 조언을 우습게 여기며 비웃었다고 했다. "난 두렵지 않소. 겨우 열흘 동안인데 뭘. 난 거저 낚시꾼이 된 게 아니라오!" 그는 조언하는 이에게 그렇게 말했다고 했다. 그는 나에게 갑판이 없는 작은 배를 타는 것은 절대 가벼이 볼 문제가 아니라고 상기시켰다. 험한 날씨에 허리춤까지 쌓인 청어들 사이에서 날을 새는데 바람은 수 마일에 걸쳐 사방팔방에서 불어오고 바위투성이 해안은 파도가 끊임없이 부서지는 데다 우리는 감히 정박하지도 못할 곳에 닻을 내리거나 휘몰아치는 바람 때문에 들어갈 수도 없는 항구에만 있게 된다는 것이었다. 장기간에 걸쳐 위험한 환경에 노출되는 데다 일은 고되고 음식은 불충분한 게 북해 어부의 삶이라고 했다. 그리고 설령 철이 안 좋거나 배가 운이 나빠 50시간 동안 잠을 자지 않고 불침번을 서며 죽어라 고생한 후 바람이 휘몰아치는 어항에 닿더라도 어느 가게 하나 수고했다며 빵 한 덩어리조차 주지 않는다고 했다.

이민선의 3등실은 그렇게 험하게 단련된 사람의 인내심도 용납할 수 없을 정도였다. 그는 배에 탄 이래 그 전날까지도 음식을 거의 먹지 못했으며, 그날 그나마 괜찮은 완두콩 수프에 식욕이 당겼었다. 배에 탄 우리 모두 같은 생각이었으며, 나부터도 현명하지 못하게 너무 많이 먹었더랬다. 그런데 오로지 그 사람만이 과식한 것에 대한 벌을 받았다. 아마 이전에 음식을 삼간 탓에 몸이 약해져 첫 끼니가 위경련을 일으킨 원인이 되었을 것이다. 그 일 이후로 그는 비스킷으로 끼니를 때우기로 결심했다. 그리고 두 달 뒤에 잉글랜드로 돌아갈 때는 1등실로 항해하겠다고 결심했다. 2등실도 당연히 꼼꼼하게 조사를 마친 그는 3등실의 재판이라고 일축했다.

그는 아팠을 때의 감정에 대해 변명조로 말했다. "나는 여기에 있을 필요가 없었소. 간밤에 그런 생각이 들었소. 고향에 좋은 집도 있고 나를 돌봐줄 사람도 충분하기에 그러한 것들을 정말로 떠날 필요가 없었소." 배에 함께 탄 동료들로부터 받은 관심에 대해서는 뭉뚱그려 이렇게 말했다. "그들 모두 정말 친절했다는 것에 대해선 두말할 필요도 없소." 그리고 내가 이렇게 대화를 나눈 것을 제외하고는 아팠을 때 도움을 준 것에 대해 굳이 아무런 언급도 하지 않았다.

하지만 가장 생생한 방식으로 나에게 충격을 준 것은 그 일용직 노동자가 미합중국으로 두 달 동안이나 즐거운 방문을 할 수 있는 데다 1등실로 돌아올 대비를 할 수 있을 정도의 부유함이었다. 또한 노동계급이 3등실에 대해 공포를 느낀다기보다는 습관적으로 편안해한다는 것을 제시한 그의 새로운 증언도 충격을 주었다. 안개가 잔뜩 끼고 서리가 내린 어느 12월 저녁, 나는 에든버러 근처에 있는 리버튼힐에서 한 아일랜드 노동자를 우연히 만난 적이 있었다. 그는 밭에서 집 쪽으로 터덜터덜 걸어가는 중이었다. 걷는 길이 같았으므로 우리는 자연스레 잡담을 나누게 되었다. 그는 진흙범벅이었다. 누구에게도 싫은 소리를 하지 못하는 순진무구한 사람인 그는 대서양을 관통하는 해저 케이블이 막노동자들을 더욱 잘 억압하려고 지도자들이 은밀하게 고안한 장치라고 생각했다. 그리고 나는 그가 은행에 거의 300파운드에 달하는 돈을 갖고 있다는 것을 알고는 깜짝 놀랐다고 고백하는 바이다. 하지만 그 사람은 세상의 대부분을 돌아다녔으며, 교대조로 일하면서 2달러를 받고 일요일과 밤에는 두 배의 보수를 받으며 미국철도회사에서 일하는 대단히 멋진 기회를 누렸다. 반면 나의 동료 승객은 타인사이드*

를 한 번도 떠난 적이 없었으며, 바로 그 빌어먹을 몰락하는 잉글랜드에서 그가 가진 모든 것을 이루어냈다. 숙련된 기계공들, 수리공들, 설치공들, 목수들이 굶주림에 허덕여 달아나고 있는, 바로 그들의 고국에서 말이다.

딱 적절하게도 파업과 임금, 불경기에 관한 주제로 슬쩍 이야기가 넘어갔다. 타인 출신으로 이러한 경기변동으로 인해 돈을 벌기도 하고 잃기도 했던 한 사람으로서 그는 할 말이 많았으며 그 주제에 관한 견해가 확고했다. 그는 지도자들에 대해 신랄하게 이야기했으며, 내가 유도하자 노동자들에 대해서도 싫은 소리를 했다. 지도자들은 이기적이고 훼방꾼들이며, 노동자들은 이기적이고 미련하고 생각이 모자라다고 했다. 그는 자신이 참석했던 회의의 과정과 그 자리에서 이어진 다소 긴 토론에 대해 상세히 이야기했는데, 노조 대표자의 지혜뿐만 아니라 심지어는 굳건한 신뢰마저도 의문을 제기할 지경이었다. 그러면서 그는 비록 후하게 제공받은 자금으로 호경기와 불경기 사이를 잘 빠져나왔을지라도 지도자나 노동자에 대한 신뢰가 거의 없으며, 사업상 문제에서 반드시 수반되는 형벌에 대한 공포가

*잉글랜드 북부 타인강 하류의 뉴캐슬부터 하구에 이르는 도시 지역.

너무 극심해 급작스럽고 완벽한 정치적 전복 외에는 우리 나라에서 희망을 찾을 길이 없다고 생각한다고 했다. 귀족과 교회와 군대가 망해야 하며, 자본은 최악에서 더 나은 방향으로—행복한 방향으로—주인이 바뀌어야 하거나 잉글랜드가 규탄받아야 한다고 했다. 그는 그러한 원칙들이 "씨앗처럼" 자라고 있다고 했다.

　온화하고 유순한 자국의 남자에게서 나온 이러한 말들은 몹시 불길하고 심각하게 들렸다. 나는 함께 배에 타고 있는 노동자들 사이에서 혁명과 관련된 대화를 익히 들었다. 하지만 그러한 대화 중 대부분은 열띠고 과장되었으며, 성공하지 못한 사람의 입에서 나온 신뢰를 떨어뜨리는 말들이었다. 이 남자는 차분했다. 그는 물질적 번영과 안락한 생활을 이루었으며, 과거에 노동자가 추구했던 정책을 못마땅해했다. 그렇다 하더라도 그는 다음과 같이 하는 것이 모든 문제의 해결책이라고 했다. 처음부터 끝까지, 위에서부터 아래까지, 그 노후한 나라를 찢어발기는 것, 그리고 민중의 함성과 불복종 속에서 폭력의 손을 빌려 나라를 개조하는 것, 바로 그것이었다.

밀항자들

일요일 날, 3등실 2호와 3호에 있는 남자들과 한데 어우러져 이야기를 나누던 중 우리는 새로운 인물을 언급하게 되었다. 그는 트위드 천으로 짠 옷을 입었는데 아주 새 옷 같지는 않았지만 꽤 잘 만들어진 옷이었으며, 평범한 스모킹캡*을 쓰고 있었다. 파리한 얼굴에 옅은 눈동자였고, 기운이 넘쳐 보였다. 하지만 아직 서른도 안 되었는데도 이미 불량배처럼 타락한 모습이 지배적이었다. 오뚝한 콧대는 콧방울로 가면서 점차 살집이 두툼해졌으며, 옅은 빛깔의 두 눈은 움푹 들어가 있었다. 손은 튼튼하면서도 우아했다. 삶의 경험이 다양했던 게 분명했다. 말씨에는 박력과 활기가 넘쳤다. 태도는 스스럼없었으나 전혀 보기 흉하지 않았다. 2등실에

*옛날 흡연할 때 멋으로 쓰던 모자.

서 도움을 줬던 청년이 내게 자기는 그자가 어떤 자인지 알지 못한다고 했다. 자신의 말에 대답해줬으면 하는 투였다. 그러면서 "말하는 투로 보거나 또 아주 예의 바르다는 점에서 보건대 1등실 승객"처럼 여겨진다고 했다.

나는 별로 확신이 들지 않았다. 그의 태도와 분위기에서 어딘가 모호한 게 있었기 때문이다. 유복한 가정의 아들인데 일찍이 방탕한 생활에 빠져 가출한 아들일 수도 있겠다는 생각이 들었다. 하지만 그 모든 것을 감안하더라도 그가 하는 이야기는 얼마나 감탄스러운지 모른다! 여러분도 그가 자신에 관해 하는 이야기를 들을 수 있었더라면 정말 좋았을 것이다. 그는 아주 극적인 말투로 경쾌하게 시작했으며 말하는 중간중간 명쾌하게 몸짓을 섞어가며 설명하는 모습은 도저히 똑같이 따라할 수 지경이었다. 그가 한 이야기들 중에는 고위 관리로 근무했던 피앤오해운물류회사에 관한 이야기, 왕년에 동인도제도에서 호화롭게 살았던 이야기, 영국군 공병대에서 복무했던 이야기, 또 그 외 살면서 겪은 여러 우여곡절들이 있었는데 저마다 활기 넘치면서도 간결하게 묘사했다. 그는 그날 밤을 독차지했으며 우리는 그의 이야기를 듣는 게 무척이나 재미있었다. 최고의 화자들은 보통 어떤 특정한 집단에게 말을 건넨다. 그곳에서 그들은 왕이며, 다른 곳에서는 동조자이다. 러시아어는 알지만 스페인어는 모를 수도 있는 사람들로서 말이다. 그런데 이 친구는 솔직하고 저돌적으로 밀어붙이는 힘을 갖고 있는 데다 주제를 선택할 때 폭넓고 인간적이어서 세상의 어떤 집단이라도 청중으로 만들어 버릴 수 있었다. 그는 호머와 같은 화자로 꾸밈없고 강력하고 유쾌했다. 그리고 그가 말하는 것들과 그가 말하는 사람들은 그의 이야기를 듣는 모든 사람들의 마음속에 즉시 명료하게 떠올랐다. 미사여구와 호언장담이 살짝 가미된 이런 스타일의 화법은 분명 공작부인들과 마부들의 귀를 똑같이 홀렸던 번스 스타일이었을 것이다.

그런데 개인적인 이야기를 툭 터놓고 말하는데도 그의 이야기에는 모호한 점이 많이 있었다. 예를 들어, 영국군 공병대는 그가 극찬한 부대로 하사관들과 마찰이 있을 수 있다는 것은 사실이다. 하지만 장교들은 귀족이었으며 특히 그 자신도 그 1만 명 중 하나였다. 그가 한 이야기들은 그간 내가 상상해왔던 이야기, 그러니까 엉망진창으로 방탕하게 사는 한량들의 일화와 완전히 똑같이 들렸다. 그런 다음 더욱 의심스러운 일이 일어났다. 제대한 뒤 군인이 받는 퇴직금에 거의 뻔뻔스러울 정도의 탐욕을 드러내면서 진실을 완전히 무시하는 무례한 모습을 보여준 것이었다. 그다음에는 자신의 일탈에 관한 이야기가 있었다. 그는 울리치*가 지긋지긋해져서 어느 화창한 날 동료와 함께 진탕 마시며 흥청망청 놀려고 런던으로 몰래 갔다. 흥청망청 논다는 것은 오랜 시간이 걸린다는 것을 의미하는바, 나는 의구심이 들었다. 하지만 하느님께 모든 처분을 맡길 지어니……. 그러던 어느 날 아침, 웨스트민스터 다리 근처에서 처음에 그를 뽑았던 바로 그 하사관을 우연히 맞닥뜨리게 되었다! 그다음에는 어떻게 되었냐고? 그는 그때 대범하게 장교직을 사임했다. 뭐, 그렇다 치자. 하지만 그렇게 사임하는 것은 때로 지독히 괴로운 과정을 거친다.

우리를 몇 시간 동안이나 즐겁게 해준 뒤, 마침내 그는 덮개문에서 떠나갔다. 나는 맥케이에게 그가 도대체 누구이고 뭐 하는 사람인지 물었다. "저 친구? 이런, 밀항자 중 한 명일뿐이지." 맥케이가 대답했다.

"어떤 식으로든 바다와 연관되었던 사람이라면 항해에 돈을 지불하겠다고 생각하는 사람은 아무도 없소." 또다시 권위자인 맥케이가 한 말이었다. 나는 맥케이가 한 말을 그대로 전할 뿐이다. 확인이 안 된 사실이다. 그런데도 나는 그

---

*영국 런던의 한 지구. 원래는 켄트주 소속 지역이었으나 19세기 중반 런던으로 편입되면서 행정구역이 변경되었다.

말에 일말의 진실이 담겨있다고 믿고 싶다. 그리고 만약 우리가 그 남자에게 뻔뻔스럽고 도둑 같다거나 아니면 완전히 빈털터리라는 점을 보태더라도, 그조차도 여러 사실을 공정하게 대변하는 것으로 통할 것이다. 우리 잉글랜드의 신사들은 그런 문제에 대한 생각이 거의 없이 본국에서 편안하게 살고 있는 것 같다. 온 세계에서 사람들은 지하 석탄고와 어두컴컴한 구석에서 밀항하고 있으며, 배가 일단 먼 바다로 나가면 갑판 위에 다시 모습을 드러내 연기나 그을음 등으로 더럽혀진 자신을 부끄러워한다. 이러한 바다 부랑자들의 생애는 대체로 위험한 모험을 수반한다. 그들은 석탄가스에 중독될 수 있거나 은신처에서 굶어 죽을 수도 있다. 아니면 그 즉시 수치스럽게 수갑이 채워진 채 도착항인 약속의 땅, 희망의 나라로 끌려간다. 그리고 애석하게도 그들이 출발했던 곳으로 동일한 방식으로 되돌려지며 그곳에서 치안판사에게 넘겨져 고국의 감옥에 격리된다. 나는 대서양을 건넌 이래, 연료관 사이에서 죽어가는 상태로 발견된 비참한 밀항자를 한 명 본 적이 있다. 그는 한두 마디만 내뱉고는 아메리카보다 더 먼 나라를 향해 떠났다.

밀항자는 갑판에 모습을 드러냈을 때 딱 한 가지만을 기원하면 된다. 일할 준비가 되어 있다는 것이 그것으로, 이는 그가 용서받는 데 대한 징표이자 대가이다. 30분 정도 자루 달린 걸레나 양동이를 들고 일한 뒤에는 마치 뱃삯을 지불한 것처럼 마음이 놓인다. 그것은 사측에서 보자면 꼭 나쁜 것만은 아니다. 소금에 절인 고기와 푸딩 몇 그릇만 주면 공짜로 어느 정도 유능한 일손을 부릴 수 있기 때문이다. 또 가끔은 2등실의 온 가족이 지불한 것보다 더 나을 때도 있다. 예를 들어, 얼마 전에 밀항한 기술자의 용기와 기술 덕에 거의 잃을 뻔한 우편선을 구한 적이 있었다. 그에 걸맞은 대가로 그는 성공에 대한 사례금을 후하게 보상받았다. 하지만 그렇듯 예외적인 행운까지는 없을지라도, 현 상태로서는 잉글랜드나 아메리카에서 밀항이 종종 모험을 통해 짭짤한 수익을 거두기도 한다. 지난 여름 동일한 배인 서캐시어호에 네 명의 기술자가 몰래 탔다. 잠입하고 채 이틀도 안 되어 네 명은 각기 편안한 침상을 찾아내었다. 이것은 내가 여태까지 들었던 이민에 관한 가장 희망적인 이야기였다. 그리고 알다시피, 밀항자들에게는 행운이 따라야 했다.

내가 들었던 말로 인해 호기심이 불타올랐다. 다음 날 아침, 배를 돌아다니며 이리저리 기웃거리고 있을 때 전직 영국군 공병대를 발견해서 무척 기뻤다. 그는 갑판실의 흰색 페인트를 닦아내는 중이었다. 그 옆에서 또 한 사람이 일하고 있었는데, 스무 살도 채 안 된 청년으로 옷이라는 게 믿기지 않을 정도의 누더기를 입고 있었으며 잘생긴 얼굴에는 아름다움이 영글었고 표정이 풍부한 두 눈은 환하게 빛이 났다. 우리가 탄 배가 클라이드를 떠나기 전에 네 명의 밀항자가 발견되었지만, 이 둘만이 뭍에 내려지는 오욕을 면할 수 있었다. 어젯밤에 알게 된 알릭은 스코틀랜드 태생으로 직업이 무엇이든 잘 고치는 수리공이었다. 또 한 명은 데번셔 태생으로 평선원으로 바다에서 지낸 적이 있었다. 두 사람은 전공이라든가 성격, 습관이 상상할 수 없을 정도로 달랐다. 그런데도 그들은 이 배에서 함께 페인트를 북북 문지르며 닦고 있었다.

알릭은 온갖 좋은 환경을 유지하고 있었으나 인생에서 많은 기회를 허비했다. 나는 그가 다음과 같은 말로 이야기를 끝내는 것을 들었다. "손을 씻는 유리그릇을 사용했을 때, 그때가 바로 내 인생의 황금기였어요." 갈수록 상황이 안 좋아졌다. 그러더니 불황이 뒤따랐고, 몇 달 동안 하는 일 없이 지내는 다른 놈팡이들과 함께 어슬렁거리며 웨스트파크에서 온종일 구슬치기를 하고는 밤에 집에 가서 여관 주인 아주머니에게 얼마나 열심히 일자리를 구하러 다녔는지 말하곤 했다. 나는 그런 식으로 생활한 것이 알릭 본인으로서는 그다지 불편하지 않았을 거라는 생각이 든다. 아마 그는 오랫동안 하는 일 없이 외상으로 사는 삶을 계속해서 즐겼을 수도 있을 것이다. 하지만 그에게는 지루하게 가만히 있는 것을 못 참는 동료가 있었다. 그를 브라운이라고 부르겠다. 브라운은 미합중국에 가기 위하여 모든 인연을 끊겠다고 줄곧 으름장을 놓고 있었다. 그러다 마침내 어느 수요일에 브라운은 글래스고를 떠났다. 몇 달 지난 뒤, 알릭은 소키홀*가에서 또 다른 오랜 친구를 만났다.

"이봐, 알릭. 뉴욕에서 웬 신사를 한 명 만났는데 너에 대해 묻더라."

"누구였는데?" 알릭이 물었다.

"아무개 호에 탔던 신참 이등 기관사였어."

"글쎄, 그게 누군데?"

"이름이 아마 브라운이었지."

브라운은 서캐시어호에 탄 운 좋은 4인조 중 한 명이었다. 만약 미합중국에서 그렇게 살 수 있다면 알릭은 브라운의 선례를 따를 딱 좋은 때라고 생각했다. 그는 마지막 날을 보냈고, 그의 표현에 따르면 "소지주 계급을 재검토했으며", 다음 날 아침 주인아주머니에게 말했다. "아무개 부인, 저는

*글래스고의 번화가.

오늘 죽을 먹지 않을 겁니다. 계란을 좀 싸주세요."

"어머! 일자리를 구했어요?" 그녀가 반색하며 물었다.

"으흠, 네." 딴마음을 품은 알릭이 대답했다. "오늘부로 시작할 거 같습니다."

그렇게 그는 잘 싸맨 계란을 가지고 아메리카로 출발했다. 주인아주머니가 그를 본 마지막이 아니었을까 싶다.

선박이 출발할 때의 혼란을 틈타 승선하는 것은 식은 죽 먹기였다. 3등실 1호의 어두컴컴한 구석에서 주린 배를 움켜쥐고 침상에 납작 엎드린 알릭은 브루미로에서 그리녹*으로 항해를 했다. 그날 밤 배의 창고 담당 하사관이 그를 잡아 끌어내 항해사 앞에 끌고 갔다. 다른 두 밀항자는 이미 발견되어 뭍으로 보내졌으나 이때쯤에는 어둠이 깔렸기에 강어귀 한가운데에 있게 되었으며, 마지막 증기선은 떠나서 아침이 되어야 올 터였다.

"선원실로 데려가서 밥을 먹여." 항해사가 말했다. "그리고 내일 아침 눈 뜨자마자 보내버려."

선원실에서 저녁을 먹고 하룻밤 푹 쉬고 아침까지 얻어먹었다. 그리고는 그 배와 함께 창창한 앞날을 꾀하려는 계

*브루미로는 글래스고의 주요 간선도로로 클라이드만과 인접해 있다. 그리녹은 클라이드만에 인접한 항구 도시이다.

획이 다 끝났다고 생각하며 느긋하게 파이프를 물고 앉아 있을 때 선원 중 하나가 그에게 욕을 퍼부으며 투덜거렸다. "거기서 뭐 하는 거야? 그게 지금 숨는 거야?" 더 이상 무슨 말이 필요할까. 알릭은 날이 더 가기 전에 또 다른 침상에 있었다. 승객들이 도착하기 직전에 배는 서둘러 점검되었다. 사다리 발판이 갑판 덮개문에 내려지고 각 호를 차례로 살펴보는 소리가 들려왔다. 이윽고 검사원들이 그가 숨어있는 3등실의 두 곳에 이르렀다. 검사원들은 이 마지막 두 곳에 들어오지는 않고 밖에서 얼핏 보기만 했다. 알릭은 자신이 개인적으로 이러한 도피행각에 타고난 사람이라는 것을 믿어 의심치 않았다. 약간의 호의만 있을 뿐 절대 운이 좋아서가 아니라고 믿는 게 그자의 성격이었다. 그에게 일어난 것은 무엇이든지 간에 충분히 자신의 권리로 얻은 것이었다. 즉, 남다른 매력과 재략 덕에 사람들이 호의를 보이는 것이며 불운은 늘 두 눈을 부릅뜨고 받아들였다. 30분 후 선박 검사원들이 떠나자 3등실은 합법적인 승객들로 가득 채워지기 시작했으며, 알릭의 최악의 골칫거리는 끝났다. 그는 얼마 가지 않아 인기를 끌었고, 다른 사람의 담배를 얻어 피웠으며, 다른 사람이 개인적으로 갖고 온 별미를 공손하게 나눠 먹었고, 밤이 다가오자 태연하게 다른 사람들 곁의 침상으로 자러 갔다.

　다음날 오후가 되자 포일호가 이미 한참 뒤에 있었으며 아일랜드의 울퉁불퉁한 북서쪽 구릉지대만 보이는 가운데, 알릭은 이래저래 살펴도 보고 자신의 운명도 결정지을 겸 갑판에 모습을 드러냈다. 실제로 그는 승선한 몇몇 사람들에게 알려져 있었으며, 심지어는 기관사들 중 한 명과 친해지기까지 했다. 하지만 그러한 경우 관계자가 온 천하에 정보를 밝히는 것은 분명 예의가 아니었다. 그가 등장하자 모든 사람이 놀라움과 분노를 금치 못했으며 그는 선장 앞에서 유치장으로 끌려갔다.

　"할 말 있나?" 선장이 취조했다.

　"뭐, 별로요. 하지만 누구나 실직한 지 오래되면 다른 상황에서라면 하지 않았을 일을 하게 되지요."

　"일할 의향이 있나?"

　알릭은 자신이 대단히 요긴하게 쓸모 있을 거라고 맹세했다.

　"그럼 뭘 할 수 있는가?" 선장이 물었다.

　그는 태연하게 직업이 놋쇠 조립 기술자였다고 대답했다.

　"그렇다면 기관실에 잘 맞을 거 같은데?" 날카로운 눈초리로 쳐다보며 선장이 제안했다.

"안 맞는데요."

"거짓말로 나를 이길 수 있는 사람은 거의 없거든요."—나에게 그 사건에 대하여 자세히 주고받은 이야기를 전하면서 알릭이 한 말이었다.

"바다에는 나가본 적 있나?" 선장이 다시 물었다.

"클라이드 증기선*을 타 본 적은 있었지만 그 이상은 나가본 적이 없습니다, 선장님." 알릭이 뻔뻔하게 대답했다.

"흠, 자네에게 맞는 일거리를 찾아보겠네." 선장이 결론 내렸다.

그리하여 우리는 지금 알릭이 뜨거운 기관실에서 일하는 것을 모면하여 느릿느릿 페인트를 긁어내고 이따금 돛 밑을 묶는 밧줄을 잡아당기는 모습을 보게 된 것이었다. "날 혼자 있게 내버려 두는 게 좋을 거예요"가 그의 논리였다. "난 대화를 나누면 누구든 설득시킬 수 있거든요."

또 다른 밀항자는, 음, 데번셔 사람이라고 부르겠다. 둘 중 누구도 그의 이름을 말하지 않은 것이 주목할만 했다. 그들 둘 다 아주 변변찮은 환경에서 세상을 보며 자랐다. 제과점을 했던 아버지가 죽고, 이어서 곧 어머니도 뒤따라갔다.

*글래스고 하류에서 부트섬의 소도시인 로스시 및 다른 마을까지 승객을 운송했던 증기선.

누이들은 봉제일을 택했다. 그는 1년 전쯤에 선원 생활을 하다 돌아와 "조지호텔"을 경영하는 형제와 함께 살러 갔다. 그 솔직한 친구는 "진짜 호텔이라고 할 수도 없어요. 말들을 돌보는 데 삯꾼이 하나 필요했던 거죠"라고 보탰다. 처음에 데번셔 사람은 무척 환영받았으나 시간이 흐르면서 형이 그를 향한 태도가 차차 자연스럽게 냉담해졌으며, 그는 자신이 "조지호텔"에 불필요하다는 것을 깨닫기 시작했다. "나는 형제들이 서로 애지중지한다고 생각하지 않아요." 일반적인 삶을 반영하며 그가 말했다. 그렇듯 달라진 태도에 상처받은 그는 거의 무일푼에 가까웠지만 돈을 더 달라고 하기에는 자존심이 몹시 상해 걸어서 출발해 여행하는 중에 되는 대로 먹고살며 웨이머스까지 130킬로미터를 걸어갔다. 입대하면 되었겠지만, 육군에 지원하기에는 키가 너무 작았고 해군에는 나이가 너무 많았다. 그러다가 마침내 돛대가 두 대 달린 작은 상선에 승선해 잠자리를 찾을 수 있어 스스로 굉장히 운이 좋다고 생각했다. 브리스틀해협 어딘가에서 그 작은 배에 물이 새기 시작하더니 가라앉아 버렸다. 선원들은 어부들에게 구조되어 해안으로 오게 되었지만 입고 있던 옷가지밖에는 남아있는 게 아무것도 없었다. 다음 일자리도 운수가 더 좋은 것은 아니었다. 배에 물이 너무 많이 새서 아일랜드해를 통과하는 짧은 항해 동안인데도 모두가 소스라치게 겁먹었기 때문이다. 그때는 선원 모두가 버려진 채 북아일랜드의 수도인 벨파스트 부두에 남겨졌다.

데번셔 사람에게 끔찍한 불운이 덩달아 이어졌다. 그는 벨파스트에서 잠자리를 찾을 수 없어서 글래스고로 가는 증기선에서 일해야 했다. 증기선은 수요일에 브루미로에 다다랐다. 데번셔 사람은 그날 아침밥을 배불리 먹었다. 앞날에 대비하기 위해서는 아침밥을 든든하게 먹어둬야 했기 때문이다. 그리고는 일거리를 찾아 부둣가로 갔다. 하지만 이때 완전히 무일푼이었을 뿐만 아니라 옷이 거지꼴로 너덜너덜해지기 시작했다. 그는 부랑아 같은 모습을 띠기 시작했다. 그렇게 누더기를 걸친 사람과 어떤 선장들이 말을 섞고 싶겠는가. 다른 모든 일들이 그렇듯 일자리를 찾을 때에도 옷이 그 사람이 어떤 사람인지를 말해준다. 수호신처럼 키를 잡고 돛을 다루고 배를 돌릴지라도 바지에 구멍이 나 있으면 목에 걸린 맷돌처럼 자승자박하는 꼴이다. 수도 없이 거절당한 데번셔 사람은 낙담했다. 그는 구걸할 정도로 뻔뻔스럽지는 못했다. 그가 말했듯, 비록 "수중에 돈을 갖고 있으면 항상 베풀었지만" 말이다. 사흘 내내 쫄쫄 굶은 뒤인 토요일 아침이 되어서야 그는 유모에게 빵 한 조각을 달라고 부탁했다. 그녀는 자청해서 우유까지 한 잔 보태주었다. 그는 이제 밀항하기로 마음먹었다. 아메리카를 보고자 하는 욕망에서가 아니라 단지 선원실의 편안함과 익숙한 바다 음식을 얻어먹기 위해서였다. 그는 항상 유모에게 빵과 우유를 구걸하며 먹고살았으며, 한 번도 거절당하지 않았다. 날씨가 극도로 습했기에 옷이 마를 날이 없었다. 밤이면 거리를 걸었으며, 낮에는 글래스고 그린*에서 잠을 잤다. 꾸벅꾸벅 조는 와중에 그곳에서 유명한 신학자들이 복잡한 교리를 명쾌하게 해설하며 성직자의 공로를 평가하는 소리를 들었다. 그는 배움이 짧았다. "거리에서 벽보를 읽을" 수는 있었지만 "쓰기는 젬병"이었다. 그런데도 신학자들은 그에게 진정한 즐거움을 주며 깊은 인상을 남긴 것 같았다. 왜 그가 "선원의 집"에 가지 않았는지 모르겠다. 내 생각에는 글래스고에도 그런 보호시설이 하나쯤 있을 텐데 말이다. 그곳은 단연코 가장 행복하고 지혜로운 동시대 자선시설 중 하나이다. 하지만 고서에서 말한 대로 당사자가 주장하는 이야기를 들은 대로 전하는 것이 이치에 맞을 것이다. 어쨌든 그러는 동안 그는 네 번이나 서로 다른 선박에 밀항하려 시도했으며, 네 번 다 발각되어 다시 굶주리는 생활로 되돌아갔

*글래스고 동쪽 끝에 있는 공원.

다. 다섯 번째는 운이 좋았다. 여러분은 그가 다시 승선해서 옛날에 하던 일을 하게 되고, 또 일주일에 두 번 푸딩을 먹을 수 있게 되어 흡족할 거라고 판단할 것이다. 알릭이 말했듯, 그는 "푸딩광"이었다. "푸딩광"이라는 말이 적합하지 않다면, 그보다 더 센 말을 찾아야 할 정도였다.

그 두 사람의 행동의 차이는 주목할 만했다. 데번셔 사람은 여느 유급 일꾼이 그렇듯 어떤 일이든 꺼리지 않았다. 여러 사람들 가운데에서 제일 높이 올라가 온몸에 힘을 실어 단단하게 밧줄을 끌어당겼으며, 누가 시키지 않아도 스스로 일을 찾아서 했다. 반면 알릭은 사람들 속에 살금살금 숨었으며 업무 처리 과정에 대해 느긋하면서도 귀족 같은 관점을 취했다. 그는 드러내 놓고 빈둥거리며 나에게 몇 시간이고 계속해서 말을 건네곤 했다. 갑판장이나 항해사가 잠깐 들렀을 때만 그들이 시야에서 사라질 때까지 느릿느릿 일하곤 했다. "이런 일로 내 가슴을 미어지게 해선 안 되죠." 그가 말했다.

한번은 그가 배치되어 있던 곳 근처의 승강구 뚜껑이 열린 채로 있은 적이 있었다. 그는 수상쩍게 몇 초 정도 마음의 준비를 하며 지켜본 다음, "여어, 여기 할 일이 좀 있네! 그럼 난 이만!"이라고 말하고는 곧장 가버렸다. 다시 말해, 뱃삯

6기니와 항해에 지속될 기간을 계산하더니 그 일에 하루에 6실링을 받고 있었다며 "그 돈이면 사측에 꽤 후하게 일해 준 거잖아요"라고 유쾌하게 말했다. "그들은 내게 얻을 수 있는 게 아무것도 없어요"가 그의 또 다른 관찰이었다. "저 친구는 한껏 부려먹을 수 있지만요." 그러면서 데번셔 사람을 가리켰는데, 그는 그때 한눈에 보기에도 무척 분주했다.

알릭은 보면 볼수록 더욱더 경멸하는 마음을 갖게 되었다. 그의 타고난 재능은 본인에게나 다른 사람들에게나 아무런 쓸모가 없었다. 성격은 얼굴처럼 타락하였으며 느글느글하게 허세를 부리게 되었기 때문이다. 심지어 확실히 매우 놀라운 설득력마저도 잃거나 지나친 자만심으로 인해 효과가 사라질 위험에 처했다. 그는 마치 피고석의 뻔뻔한 범죄자처럼 공격적이고 철면피 같은 태도로 거짓말을 했다. 또 자신의 영특함에 대한 허영심이 얼마나 강한지 우리를 감쪽같이 속였던 바로 그 속임수에 대해 10분 뒤에 뽐내지 않고서는 배기지를 못했다. "이런, 승선했을 때보다 돈을 더 많이 가지고 있잖아!" 어느 날 밤, 그는 6펜스를 내보이며 말했다. "게다가 어제 자러 가기 전에는 맥주를 한 병 들고 있었지. 담배는 또 열다섯 개비나 있네." 그것은 정말로 꽤 남는 장사였다. 하지만 그토록 똑똑한 자가 좀 덜 주제넘었더라면 글쎄? 아마도 12.5펜스 정도는 가질 수 있지 않았을까? 설득력에 자부심을 갖고 있는 사람은 무엇보다도 자신의 비행에 관해 설득력 있게 침묵하는 능력을 배워야 한다. 스카팽*이 온 천하에 특유의 재능을 상세히 설명한 것은 극적인 목적을 위한 희극에서일 뿐이다.

스카팽은 아마 이 영리하면서도 불운한 알릭에게 걸맞은 이름일 것이다. 그가 한 모든 비행의 밑바닥에는 그를 용서하는 마음을 갖도록 하는 유머감각이 있었기 때문이다. 그가 살면서 행한 것의 절반 이상은 장난이었다. 언젠가 한번은 마치 애인에 대해 생각하는 남자처럼 예사롭지 않은 감정에 빠진 채 이렇게 말한 적이 있었다. "이 장난짓 하나 하기 위해서라면 모든 걸 포기해도 좋다니까요."

알릭이 가진 본성의 최고의 장점을 보여준 것은—아니 어쩌면 유일한 장점을 보여준 것이라 하는 게 맞겠다—동료 밀항자에 관한 것이었다. 느닷없이 말투를 바꾸면서 그는 이렇게 말했다. "명심하세요. 저 친구는 좋은 녀석이란 걸 꼭 명심하세요. 저 친구는 거짓말을 하지 않아요. 많은 사람들이 저 친구가 누더기 같은 옷을 입었기 때문에 망나니라

*몰리에르의 희극 『스카팽의 간계』에 나오는 매우 영리한 하인으로 "교활한 아첨꾼, 모사꾼"이라는 뜻으로 쓰인다.

고 생각하죠. 하지만 그렇지 않아요. 저 녀석은 정말로 진국이라고요." 알릭의 말을 듣다 보면 우리는 그가 미덕에 대한 심미안이 있다는 것을 깨닫게 된다. 그는 자신의 나태함과 타인의 근면함이 똑같이 적정한 것이라고 생각했다. 그는 거짓말쟁이로서의 평판을 지키려고 안달하지 않는 것과 마찬가지로 동료의 진실함을 옹호하려고 안달하지도 않았다. 또한 자신의 태도에서 모순된 점을 의식하지 못하는 것으로 보였으며, 두 성격 모두가 명백히 진심이었다.

그가 데번셔 청년에게 흥미를 보인 것은 놀랄 일도 아니었다. 왜냐하면 그 데번셔 청년은 그를 진심으로 좋아하고 경탄하며 섬기고 숭배했기 때문이다. 바쁜 와중에도 청년은 알릭에게 고급선원이 다가온다고 경고하거나 심지어는 들킬 위험이 없으니 슬쩍 빠져나가서 안심하고 담배를 피워도 된다고 말해주기도 했다. 한번은 이렇게 말했다. "톰, 조리실에 가기 싫으면 내가 대신 가줄게. 자네는 그런 종류의 일에 익숙하지 않아, 아무렴. 하지만 난 선원이야. 난 친구의 어떤 기분이라도 이해할 수 있다고, 당연하지." 톰이란 알릭이 그에게 쓰라고 지시한 이름이었다. 자, 그가 돈에 쪼들려 담배를 구하려고 찾아다닐 때 알릭은 자신이 가진 열다섯 개비의 담배 중 한 개비의 절반을 주겠다는 제의를 했다. 나라면 한 개비를 통째로 다 주거나 아니면 두 개비를 주어야 후하게 인심 썼다며 살면서 후회하지 않았을 것 같은데 말이다. 하지만 데번셔 청년은 거절했다. 그는 "됐어"라고 했다. "자네도 나처럼 밀항하고 있어. 자네 것은 피지 않겠네. 주머니 사정이 좋은 사람한테 얻어 피겠어."

이 너그러운 사내에게서 이성의 영향을 강하게 받고 있다는 점이 눈에 띄게 보였다. 한 여자가 그가 일하는 곳 근처를 지나가면, 그는 눈빛을 반짝이며 놀리던 손을 멈추었으며 마음은 그 즉시 콩밭에 가 있었다. 그가 비교적 여자들에게 강렬한 매력을 발산하는 것은 당연했다. 우리가 기억하다시피, 그는 오로지 여자에게만 구걸했었으며 절대 거절당한 적이 없었다. 그를 도와주었던 여자들에게 자비심을 베풀어달라고 구구절절 설명하지 않고도 잘생긴 얼굴에다 싹싹한 천성, 유창하게 꾸며낸 온갖 언사를 통해 애정 어린 마음을 갖도록 만들었으며, 그래서 10분간 대화하거나 시선을 교환하는 것만으로도 깊은 인상을 새겼을 거라 생각하지 않을 수 없다. 대담함과는 거리가 멀었다는 점에서 그는 더욱 위험했으나 자신도 모르게 아련하게 애원하는 눈빛으로 구애했을 것 같다. 오히려 허수아비들이 더 편안하게 갖춰 입은 것처럼 보일 정도로 참말로 누더기 같은 옷을 입었기에 배에 탄 사람들마저도 호기심 어린 눈빛으로 바라보는 이들이 없지 않았다.

승객들 중에 알릭이 토미라고 별명을 붙인 키가 크고 금발에 예쁘고 훤칠한 아일랜드 아가씨가 있었는데, 야생적이면서도 빨아들이는 듯한 두 눈동자는 분석이 불가능할 정도로 깊이를 헤아릴 수 없었다. 어느 날, 데번셔 청년이 갑판이 열린 채로 있을 때 위쪽 화구火口의 따뜻한 곳을 찾아 누워 있었는데 아일랜드 아가씨 토미가 지나가게 되었다. 늘 그렇듯 아주 깔끔한 차림새였다.

"가엾어라. 조끼가 없군요." 그녀가 멈춰 서며 말했다.

"네. 하나 있으면 좋을 텐데." 그가 말했다.

그러더니 그가 당황스러워할 때까지 서서 말없이 그를 응시했다. 그렇듯 뚫어지게 보고 있었기에 어찌할 바를 몰랐던 그는 파이프를 꺼내 연초를 채워 넣기 시작했다.

그녀가 물었다. "성냥 필요하세요?" 그가 미처 대답하기도 전에 그녀는 달려가더니 이내 여러 개를 갖고 돌아왔다.

우리가 항해하는 동안 그것이 내가 과감하게 애정행각이라고 부르는 처음이자 끝이었다. 많은 사람들의 관계가 결혼으로 나아가고 일생동안 지속되지만, 인간의 감정은 화구에서 채 5분도 안 되는 이 장면에서 더욱 깊은 인상을 받는다.

엄밀하게 말해서 이것이 밀항자에 관한 장의 마지막이다. 하지만 더 큰 의미에서 아직 좀 더 보탤 말이 있다. 존스는 친구들 사이에서 즐겁고 흥미로운 분위기로 눈에 확 띄는 한 젊은 여자를 발견하더니 내게 가리켰다. 그녀는 초라한 차림새였다. 다 해어진 낡은 재킷에 주먹만 한 물개가죽 모자를 썼는데 아주 형편없지는 않았으나 볼품없었다. 하지만 그녀의 눈동자라든가 전체적인 표정과 태도는 평범한 순간조차도 실로 사랑과 분노, 헌신할 수 있는 여성스러운 본성을 말해주고 있었다. 제법 잘 차려입은 여자들과 마찬가지로 그녀 역시 기회만 허락되었더라면 더욱 세련된 모습이었을 것이다. 혼자 있을 때 그녀는 딴 데 정신이 팔려있거나 슬퍼 보였지만 종종 혼자가 아니었다. 그녀 곁에는 대개 변변찮은 옷을 입은 뚱뚱하고 둔하고 덩치가 큰 남자가 한 명 있었는데 그는 말과 몸짓을 꺼렸다. 조심스러워서가 아니라 타고난 기질이 부족해서였다. 도랑 파는 인부와 같은 남자로 매력도 없고 흥미롭지도 않았다. 그런 그를 그녀는 마치 『갈리아의 아마디스』*이기라도 한 듯 어루만지고 보살피며 눈길을 떼지 않았다. 계속해서 토하는 거대한 몸

---

*15세기 후반에 가르시 로드리게스 데 몬탈보가 쓴 스페인의 기사도 이야기. 중세 후기의 포르투갈 및 프랑스의 이야기를 소재로 쓰여진 듯하다.

집의 남자를 슬픔을 자아내는 그 여린 여자가 돌보는 모습을 보고 있노라니 기분이 참으로 묘했다. 그는 시종일관 그녀의 애정과 관심에 대해 무심해 보였으며, 그녀는 그의 무심함을 의식하지 못하는 것으로 보였다. 아내에게 자장가를 불러주는 아일랜드 남편과 자신의 오손*을 시중드는 그 스코틀랜드 여인은 항해하는 내내 나에게 가장 크게 울림을 주었던 인간 본성의 두 편린이었다.

우리가 도착하기 전인 목요일에 배표를 걸었다. 그리고 얼마 가지 않아 배에 소문이 돌기 시작했다. 물개가죽 모자를 쓴 그 여인이 귓속말과 손가락질의 중심이 되었다. 사람들은 그녀 또한 일종의 밀항이었다고 했다. 배표도 돈도 없이 승선했기 때문이다. 그리고 그녀와 같이 여행하던 남자는 한 가족의 아버지로, 아내를 떠나며 아이들은 아내에게 남겨두었다고 했다. 배의 고급선원들이 이 이야기가 퍼지는 것을 막았기에 어쩌면 한낱 소문에 지나지 않을지도 모른다. 하지만 3등실에서는 그렇게 믿었으며, 그 가엾은 여인은 그날 이후로 숱하게 호기심 어린 시선을 맞닥뜨려야만 했다.

*카롤링거 왕조 시대의 로맨스물인 『발렌타인과 오손』에 나오는 오손. 어린 시절 숲에 버려진 쌍둥이 형제의 이야기로, 발렌타인은 궁정에서 기사로 길러진 반면 오손은 곰의 굴에서 자라 야만인이 되지만, 발렌타인이 정성 들여 보살펴 결국 인간성을 갖추게 된다는 내용이다.

개인적인 경험과 소회

여행은 두 종류가 있다. 대양을 가로지르는 나의 항해는 그 둘을 합친 것이다. 옛 시인은 "고국을 떠나면 나 자신도 떠난다네"라고 노래한다. 나는 위도와 경도에서만 고국을 떠난 게 아니라 음식, 친구, 생각에서도 나 자신을 떠났다. 적어도 나에게는 어느 정도의 흥미와 상당한 즐거움이 이 새로운 세상 속 상황에서 흘러나왔다.

나는 사람들이 말하는 소위 "삶의 절대적인 성공과 그럴듯해 보이는 모습"에 빠졌었다는 것을 알았다. 사람들은 나를 3등실 승객으로 여겼으며, 내가 당연히 3등실 승객일 거라는 것에 아무도 놀라워하지 않는 것 같았다. 그리고 나도 한때는 신사였다는 사실을 상기시키는 것은 갑판들 사이의 놋쇠 문패 외에는 아무것도 없었다. 이전에 했던 여행을 묘사한 전작에서 나는 내가 기꺼이 또 당연히 보따리장수로 여겨질 수도 있다는 것에 약간 놀라움을 표출하였으며, 그러한 뜻밖의 일을 잉글랜드와 프랑스 사이의 언어와 태도의 차이로 설명했다. 이제 좀 더 겸손한 관점을 취해야 한다. 이 배에서 나는 확실히 옷을 다소 추레하게 입었을지언정 동포들이 가진 말과 태도의 모든 이점을 갖고 있었기 때문이다. 또한 교육받은 신사라는 점만 빼면 사람들이 거의 다 나의 행세를 믿었다는 점을 고백하는 바이다. 선원들은 나를 "형씨"라고 불렀고, 고급선원들은 "이봐"라는 호칭으로 불렀다. 동료들은 자신들과 같은 기질과 경험을 가졌지만 약간 신기한 정보를 가진 사람으로 주저하지 않고 나를 받아들였다. 어떤 석공은 나를 석공이라고 믿었다. 선원들 몇 명 중 적어도 한 명은 나를 미 해군의 하사관일 거라고 판단했다. 또한 여러 사람들 사이에서는 수리공으로 굳어져 있어서 결국에는 부인할 마음이 없어졌다. 이러한 온갖 추측으로부터 나는 결론을 한 가지 끌어냈는데, 그것은 동료들의 통찰력에 불리한 것이었다. 그들은 그들만의 방식으로 꼼꼼한 관찰자일 수도 있고 얼굴에서 태도를 읽을 수도 있었겠으나 손까지 관찰력이 미치지 않은 것만은 분명했다.

1등실 승객들에게도 나의 역할은 순탄하게 지속되었다.

그들이 다니는 길로 거의 다니지 않은 것은 사실이지만, 우연히 맞닥뜨렸을 때 그들은 나를 전혀 알아보는 눈빛이 아니었다. 비록 가끔은 나를 좀 알아봐달라고 말없이 애썼다는 점을 고백하는 바이긴 하지만 말이다. 나보다 열등한 3등실에 승선하거나 나와 동등하게 2등실에 승선한 이 모든 사람들은 소설 속에서 완전히 탈바꿈한 군주처럼 나를 그저 평범한 한 인간으로 여겼다. 그들은 눈두덩이에 잔뜩 힘이 들어간 채 내게 냉랭한 시선을 던졌다.

간소한 재킷을 입고 런던 교외 지역을 통해 해외로 나가면서 이성에게서 이미 경험했기에 이 배에서 여자들이 보이는 반응을 보고 나는 별로 놀라지 않았다. 그때 결과는 흥미로웠다. 나는 당시 철저한 과정을 통해 숙녀들이 모든 남성에게 사회적 지위에 따라 관심을 부여하는 게 관습화되었다는 것을 처음으로 알았다. 나를 지나치는 숙녀마다 내 초라한 차림새를 보고 던지는 시선 때문에 나는 깜짝 놀랐으며 내가 무언가 결핍된 사람이라는 느낌을 불러일으키게 했기 때문이다. 정상적인 상황에서는 틀림없이 만나는 젊은 숙녀마다 내게 찬사의 눈빛을 보냈을 텐데 말이다. 그리고 내가 그러한 시선을 받았을 때는 종종 알아채지 못했을지라도, 그러한 시선을 주지 않게 되자 시선의 부재를 잘 인식하게 되었다. 여자들이 지나칠 때마다 내 키가 작아지는 것 같았다. 나를 꼭 개나 마찬가지로 지나쳤기 때문이다. 이것이 소위 상류층이 소위 하류층에게 때로 불쾌한 인상을 낳을 수 있다고 가정하는 나의 근거 중 하나이다. 나는 누군가가 나와 같은 실험을 계속하여 남자가 어떤 수준으로 옷을 차려입어야 잘 통제된 여성의 눈에 보이지 않게 되는지를 정확히 찾아냈으면 좋겠다.

이곳 선상에서 그 문제는 더욱 철저하게 시험대에 올랐다. 말과 태도가 추가되었을지라도 나는 숙녀분들 사이에서 3등실의 보통 남자와 똑같이 통했다. 이러한 구체적인 실례를 본 것은 어느 날 오후였다. 아주 평범하게 옷을 입은 여자가 갑판에서 병이 났다. 모든 항해 기간 동안 사람들이 갑작스러운 발작을 일으킬 때마다 늘 현장에 있던 게 운이 좋았다고 생각한다. 그리고 이러한 경우, 나는 내가 고통받는 환자를 돕는 중요한 위치에 있다는 것을 알았다. 우리 주위로 즉시 사람들이 대거 몰려들었을 뿐만 아니라 1등실 승객들 상당수도 최상갑판에서 우리 머리 너머로 상체를 구부리고 있었다. 그중 참견하기 좋아하는 중년 여성 하나가 나에게 큰소리로 조언했다. 당연히 나는 대답해야 했다. 대화가 계속되면서 나는 모든 사람들이 나를 아픈 여자의 남편으로 여긴다는 사실을 알아채기 시작했다. 나는 나의 불쌍한 "새 아내"를 여러 감정이 섞인 채 바라보았다. 그리고 나는 그녀에게서 도시 빈민층 하녀의 모습조차 보이지 않는다는 점을 인정해야 했다. 그녀는 길가의 여인숙에 고용되었을 법한 촌뜨기 하녀에 더 가까워 보였다. 자, 이제 놋쇠 문패를 살피러 갈 때였다.

의사, 사무장, 승무원 등 나에 관해 알고 있는 고급선원들에게 나는 노골적인 농담의 대상으로 비쳐졌다. 내가 글을 쓰면서 거의 하루 종일 보낸다는 사실이 배 안에 널리 퍼져서 그들 모두의 흥미를 대단히 돋운 것 같았다. 그들은 만날 때마다 스스럼없고 여유롭게 웃겨 죽겠다는 식으로 나의 허무맹랑한 직업에 대해 언급했다. 그들의 태도는 내 행운이 몰락했다는 것을 상기시키려는 의도적인 계산에서 비롯된 것이었다. 우리는 한 작가의 서툰 문학적 소산을 진심으로 즐거워할 수는 있겠지만, 그의 면전에 대고 느낌을 표출하지는 못한다. "흠! 아직도 쓰고 있소?" 그들은 말했다. 그리고 미소는 폭소로 넘어갔다. 사무장이 어느 날 객실로 와서는 잘못 알고 있는 나의 근면성에 감동하더니 약간 다른 종류의 글쓰기를 제안했다. "그렇게 쓰면 돈을 벌 거요." 그가 날카롭게 덧붙였다. 그것은 오로지 승객들의 명단을 전부 베끼는 것이었다.

　　나의 평판에 불리한 또 하나의 버릇은 찬바람이 쌩쌩 들어오는 객실 바닥에 보금자리를 선택한 것이었다. 나는 이 기행으로 인해 공개적으로 조롱당하고 무시당했다. 그리고 상당수의 사람이 밤에 내가 최종적으로 어떻게 자리 잡는지 보려고 때때로 문 앞에 모여들었다. 무척 당혹스러웠지만 평정심을 갖고 그러한 시도를 계속하는 법을 배웠다.

　　단언하건대, 새로운 위치로 인해 전반적으로 마음이 가벼워졌으며 자연스레 기분도 좋아졌다. 나는 그 결과를 기꺼이 받아들였으며 전혀 참기 힘들지 않다는 것을 알았다. 3등실이 나를 이겼다. 나는 태도에서 뿐만이 아니라 마음속으로도 더욱더 장소의 형태에 따라 나를 깔보는 고급선원들과 2등실 승객들에게 차츰 적대적이 되었으며, 날이 갈수록 하찮은 별미에 더욱 탐욕스러워지게 되었다. 빵과 버터, 수프, 죽으로 이루어진 식단이 내가 꿈꾸는 별미였다. 우리는 당밀이 철철 넘칠 만큼 그득하기만 하면 단 음식을 좋아하지 않는다고 생각한다. 하지만 맛있는 음식에 관심 없다고 뽐내는 사람은 그전에 구빈원에 머물렀던 게 틀림없다. 예를 들어, 나는 저녁마다 차에 어떤 음식이 곁들여져 나올까에 대해 점점 더 집착했다. 음식이 맛있으면 마음이 한결

가벼워졌다. 생선 토막이 식사로 나오면 그에 비례해서 풀이 죽었다. 나보다 선견지명이 있는 동료 승객에게서 젤리가 제공된다는 말을 들으면 기분이 확연히 들떴다. 굴이나 과일 한 조각을 위해서라면 배 끝까지라도 갔다가 되돌아왔을 것이다.

다른 면에서는 나의 위치가 만족스러웠다. 일행과 혼동되는 것은 전혀 수치스럽지 않았다. 그들의 태도가 그 어떤 다른 계급 사람들과 마찬가지로 온화하면서도 적절하다는 것을 즉시 알았다고 단언해도 좋기 때문이다. 내 친구들이 공작의 식탁에서 전혀 당황하지 않거나 바보같이 웃기는 참사를 일으키지 않고도 앉을 수 있다고 말하는 것이 아니다. 그러한 것은 혈통의 열등함을 의미하는 것이 아니라 관행의 차이일 뿐이다. 따라서 나는 내가 동료 승객들 사이에서 처신을 아주 잘했다고 자부한다. 그럼에도 나의 가장 야심 찬 희망은 실수를 피하는 데 있는 것이 아니라 실수를 최대한 적게 범하는 데 있었다. 나는 나의 재주가 그들의 재주와 같지 않으며, 게다가 다른 집단의 습관이 형성되는 것을 아주 잘 알고 있다. 자질이 없을 뿐만 아니라 수월하게 어울리는 데도 결정적으로 능력이 없다. 존스가 나를 승객들과 사이 좋게 지낸다며 칭찬했을 때 그가 속으로 무슨 생각을 하는

지 가늠할 수 있었으며, 그가 칭찬하는 것이 우리가 외국인들이 영어를 유창하게 말할 때 높이 평가하는 것과 같다는 것을 알았다. 나는 그 즉시 내가 받은 칭찬이 변명의 여지가 없는 결례의 결과로, 그가 내 행동을 전반적으로 면밀히 살펴본 게 아닐까 하는 생각이 들었다. 우리는 귀족들 사이에서 쟁기질하는 사람을 비웃을 만반의 준비가 되어 있다. 우리는 또한 쟁기질하는 사람들 사이에서 귀족의 경우는 어떤지도 고려해 보아야 한다. 헤브리디스제도에 있는 어부의 집에서 변호사를 한 명 본 적이 있다. 그 둘 중 누가 더 나은 신사였는지 나는 알고 있지만 아무리 유도해도 털어놓지는 않을 것이다. 우리가 하는 아주 훌륭한 행동 중 일부는 특등석 손님에게는 충분히 좋아 보일지 몰라도 가장 싼 관람석 손님에게는 악랄해 보일 수도 있다. 우리는 보편적인 것보다는 지엽적인 것을 뽐내는 습관이 숱하게 있다. 그것은 마치 160킬로미터의 운송 거리를 견뎌낼 수 없거나 응접실에서 부엌으로 가져갈 수 없는 지역 와인이나 마찬가지이다. 신사가 된다는 것은 온 세계에서, 또 모든 사회적 관계와 계급에서 신사가 된다는 것이다. 그것은 고귀한 소명이라서 첫째는 신사가 될 운명을 타고나야 하는 것이고 그다음에는 평생 동안 신사로 사는 데 정진해야 하는 것이다. 그리고 불행하게도 소위 상류계급이라 불리는 이들의 태도가 일반적으로 통용되고 있으며, 다른 모든 이들 사이에서도 외적으로 받아들여지면서 그러한 태도를 아주 조금 습득해 서투르게 흉내만 내어도 매우 만족스러워하는 경향이 있다. 하지만 태도는 예술과 마찬가지로 인간 중심적이어야 한다.

　이제 내가 그들과 평등한 관계로 옮아가 보니 동료 승객들 중 일부는 훌륭한 신사들인 것으로 보였다. 그들은 거칠지도 않고 조급하지도 않고 논쟁적이지도 않았다. 유쾌하게 토론하고 상냥하게 의견을 달리했다. 서로에게 도움을 주려 했으며 순하고 참을성 있고 차분했다. 태도는 솔직하였는데 심지어 진중하기까지 했다. 겉보기에 좋은 것은 별로 없었으나 충격적인 것도 아무것도 없었다. 또한 나는 신사다움이란 것이 화려하고 우아하게 남들과 어울리는 것에 있다기보다는 행동의 근원에 좀 더 가까이 놓여있다고 생각한다. 내가 말하는 것은 우아함이지 세련됨이 아니다. 어떤 것은 레이스처럼 우아하지 않아도 철제품처럼 근사할 수 있다. 이곳에서는 우아함이 덜 했다. 겉으로는 표면적으로 드러나는 여러 사건을 더욱 냉담하게 지지하고 속으로는 인간 존재의 잔인한 사실들을 더욱 용감하게 받아들였다. 하지만 나는 실질적인 세련됨이 부족하다거나 타인에 대한 배려가 부족하다거나 고상한 절제심이 부족하다고 생각하지 않는다. 나는 동료 승객들 중에 최고의 승객들에 대해 말하고 있는 것이다. 1등실이 그렇듯, 3등실에도 여러 부류의 사람이 섞여 있게 마련이기 때문이다. 그 사람들 중에는 내가 연민을 가진 사람들도 있으며, 따라서 엄청난 양의 진실을 갖고 글을 쓰고 싶은 사람들이 있는데, 그들은 태도가 훌륭할 뿐만 아니라 똑같이 타고난 능력을 대단히 많이 부여받았으며, 사회에서 부르는 이른바 은행가들이나 법정 변호사들만큼이나 논리 면에서도 지혜로웠다. 모두가 하나같이 일관성이 없는 여러 사실에 지나치리만큼 흥미를 보였으며, 무모하리만큼 몰두하며 정보 자체를 아주 좋아했다. 하지만 모든 계급의 사람들이 신문에 난 잡다한 세상 이야기를 매일 같이 포식하며 동일한 식욕을 드러냈다. 내가 파악할 수 있는 바로는, 신문 읽기는 하나의 문화적 행위라기보다는 흔히 일종의 사색이다. 내가 어제자 화제를 한 친구에게 슬쩍 속여넘기자 정신을 가다듬고 엄숙한 분위기로 몇 분 동안 계속해서 다시 정독하는 모습을 보였다. 아마 노동자들은 좀 더 관심을 기울일 것이다. 그러나 그들은 열성적인 청취자인지는 몰라도 자발적이면서도 주의 깊은 사상가로 보이지는 않았다. 문화는 우리의 지식에 의해 다루어진 분야의 위대함으로 측정되는 것이 아니라, 그 분야에서 여러 관계를 인식할 수 있는 세밀함으로 측정된다. 나와 함께 탑승한 노동자들은 확실히 이런 자질이나 습성이 부족했다. 그들은 관계를 인식하지 않고 소위 대의라는 것으로 널뛰기를 하였으며, 그렇게 함으로써 문제가 해결된다고 생각했다. 따라서 잉글랜드에서 모든 대의는 정부 형태였으며, 결과적으로 모든 악을 치유하는 것은 혁명이었다. 노동자들 중 얼마나 많은 이들이 그런 말을 하였는지, 또 어느 누구도 자신이 말한 것에 대해 머릿속에 명확한 생각을 갖고 있지 않았는지 놀라울 따름이었다. 어떤 사람들은 교회를 싫어했는데 교회의 관점에 동의할 수 없었기 때문이었다. 어떤 사람들은 전쟁과 세금 때문에 비컨즈필드 경*을 혐오했으며, 모두가 그럴듯한 근거를 가지고 지배자들을 혐오했다. 하지만 그러한 실책들은 문제의 근원이 아니었다. 그들의 정신에 내재하는 것을 진짜로 추론해보면 이렇다. 나는 살아갈 수 없다. 나는 살아나가야만 한다. 혁명이 일어난다면 살아나갈 수 있다. 어떻게? 그들은 생각이 없다. 왜? 왜냐하면, 음, 왜냐하면 아메리카를 보라!

*영국의 정치가이자 작가인 제1대 비컨즈필드 백작, 벤저민 디즈레일리 (1804~1881)를 말한다. 보호무역주의와 1877년 러시아-터키 전쟁에서 러시아의 남하를 막기 위해 해군을 파병하는 등 영국의 세력을 확장하는 데 힘썼다.

정치적 맹인이 되는 것은 차별을 두지 않는다. 그런 점에서는 우리 모두가 정치적 맹인이다. 내 생각에는 근원적으로 근대의 국내 정치에서 문제는 단 하나인 것으로 보인다. 여러 형태로 나타날지라도 말이다. 그것은 바로 돈의 문제이다. 그리고 유일한 정치적인 해결책은 국민이 점점 더 현명하고 나은 사람이 되어야 하는 것이다. 우리의 노동자 동료 승객들은 의회 의원만큼이나 두 번째 논점에 대해 듣는 것을 지루해하며 못 견뎌 했다. 그들은 오로지 첫 번째 논점에 대해서만 어렴풋하게 알고 있을 뿐이었다. 그들은 본인들 입장에서 개선해야 하는 것에 대해 들으려 하지 않고 세상이 일순간에 개조되어 앞날에 대한 대비책 없이 게으르고 방탕한 채로 남아 있으면서도 정확히 정반대의 미덕을 수반하는 안락함과 존중을 누리기만을 바랐다. 내가 볼 수 있는 한, 현재 우리 배에 탑승한 많은 이들이 그러한 기대를 갖고 아메리카로 가고 있었다. 하지만 돈 문제에 있어서는 내륙의 정치에 대해 충분히 명료하게 보고 있었다. 즉, 그들과 관련된 한, 내륙의 정치가 연간 소득의 문제로 환원될 수 있다는 점을 알고 있었던 것이다. 그 문제는 오래전에 혁명으로 풀었어야 했는데 그들은 어떻게 해야 하는지 알지 못했으며, 또 이제 스스로 어떻게 해결해 나가려는 참인지 또 다시 알지 못하고 있었다. 엄청나게 큰 증기선을 타고 대서양을 횡단하면서도 말이다.

그렇다 하더라도, 두 번째 문제 혹은 소득문제는 그 자체로는 아무것도 아니며 현안으로 남겨두는 편이 낫다는 것을 여실히 보여주었다. 변화로 인해 얻을 수 있는 지혜와 미덕이 없다면 말이다. 어떤 사람이 부자인지 가난뱅이인지를 가리는 것은 그의 성격에 의해서지 지갑에 의해서가 아니다. 바니는 가난뱅이가 될 것이다. 알릭도, 맥케이도 가난뱅이가 될 것이다. 그들 뜻대로 하도록 내버려 두고 이 세상의 모든 정부를 전복시킨다면 그들은 죽을 때까지 가난뱅이가 될 것이다.

아마 보통 노동자의 깜짝 놀랄만한 게으름과 결점에 대해 고백하는 솔직함보다 더 주목할만한 것은 없을 것이다. 대체로 가난뱅이가 일로 별로 압박받지 않는다는 사실을 알았을 때 나는 언제나 어떤 안도감 같은 것을 느꼈다. 그 결과로 인해 흔쾌히 나 자신의 행운을 더욱 즐길 수 있었으니 말이다. 일전에 나는 아메리카에서 농부와 함께 살고 있었다. 어릴 때부터 줄곧 일하고 분투하고, 사냥하고 농사짓는 일을 해온 변경의 나이 든 개척민이었다. 그는 태어나서 그때까지 죽어라 일만 해왔다는 이유로 교육이 모자란 것을 변명했다. 심지어 지금도 책을 읽고 싶어 죽겠지만 펼쳐볼 시간이 없다고 했다. 이로 말미암아 나는 그를 면밀히 관찰했다. 그는 24시간 중 네 시간이나 다섯 시간 정도를 오지에서 보내고 난 뒤 주로 걸었다. 그리고 그날 남은 시간 동안은 과일을 먹거나 문에 기대어 서 있는 등 천성적으로 게으르게 보냈다. 나는 아침나절 내내 고되게 글 쓰는 작업을 하고 난 뒤 극심한 육체적 피로에 시달리는 사람들을 알고 있다. 이는 강인한 개척민들이 고된 하루의 노동 끝에 얻는 만족감과도 같은 것이다. 그는 적어도 모든 지식인 계급이 그러하듯 자신이 부지런하다고 굳게 믿으며 부지런함에 크게 경의를 표했다. 하지만 일반적인 기능공은 뻔뻔스럽게도 자신의 게으름을 인정했다. 내가 들은 바에 의하면 심지어는 게으름의 체계를 잡기까지 했다.

자, 이제 들은 이야기를 그대로 전하겠다. 사실이라며 들은 이야기다. 한 남자가 애버딘*시에 있는 지붕에서 떨어져 뼈가 부러진 채 병원으로 실려 왔다. 직업이 무엇이냐는 질문에 그는 "타공"이라고 대답했다. 아무도 이전에 그런 직업에 대해 들어본 적이 없었기에 직원들은 호기심으로 가득 차서 설명해달라고 부탁했다. 슬레이트공工들은 지붕을

*스코틀랜드 북동부의 항구 도시.

이을 때 때때로 선술집에 가는 것을 매우 좋아하는 것으로 보였다. 예를 들어, 침모針母가 일하다가 슬쩍 빠져나가면 아무도 눈치채지 못할 것이다. 하지만 만약 이런 친구들이 자리를 뜨면 나무망치를 두들기는 일이 중단되어 이웃들이 그들의 태만함을 알게 된다. 여기서부터 "타공"이라는 직업이 나온다. 그는 슬레이트공들이 자리를 비운 동안 지붕 위에서 부지런히 이리저리 움직이며 망치질을 해야 한다. 한두 개만 두드리는 것은 식은 죽 먹기지만 전체 인부에 상당할 때는 이마에 구슬땀을 흘리면서 돈을 벌어야 한다. 그러자면 이곳저곳을 뛰어다니며 두 배, 세 배, 여섯 배의 일을 혼자 해야 한다. 망치 박는 소리가 커지며 속도가 빨라지다가 이윽고 귓가에 완벽한 환청을 만들어내면 우리는 경쟁심 강한 석공들이 서로 지지 않으려고 계속해서 흥겹게 지붕을 이고 있다고 확신할 것이다. 2층 창문에서 본다면 기이한 광경이 틀림없다.

　나는 배에 승선한 타공에 대해 전혀 들은 바가 없지만 동료들이 전한 이야기에 깜짝 놀랐다. 농땡이를 부리거나 땡땡이를 치거나 꾀병을 부리는 것 모두 확실히 자리 잡은 전술인 것으로 보였다. 그들은 한 시간 동안 일하는 대가로 보수를 받는 사람이 그 자리에서 30분 동안 계속 빈둥빈둥 놀고 있는 부정직함을 볼 수 없었다. 따라서 그 타공은 강도가 집을 터는 동안 경찰이 오기를 가만히 기다리는 것을 거부했을 터이며, 스스로를 정직한 사람이라 부를 것이다. 우리 민족이 일하기를 몹시 싫어한다는 사실은 충분히 인식되지 않았다. 만약 내가 현재 일하고 있는 것만큼이나 평생 동안 날마다 고되게 일해야 한다고 생각한다면, 나는 그러한 고투를 포기하고 싶을 것이다. 노동자는 뼈 빠지는 노역을 이른 나이에 시작한다. 그는 과거에 휴일을 꽉 채운 적이 없었으며, 앞으로도 휴일에 대한 전망은 멀고도 불확실하다. 그러한 상황에서 순간의 고통을 완화시키는 것에 덤벼들지 않기 위해서는 높은 수준의 덕목이 필요할 것이다.

배에는 입심 좋은 사람들이 많이 있었다. 내가 보기엔 특정한 종류의 이야기에 능한 것은 노동자들 사이에서는 흔한 재주인 것 같다. 책이 상대적으로 드물었던 곳에서는 상당한 양의 정보를 입에서 입으로 주고받았을 것이다. 이러한 구전은 훌륭한 입담꾼들을 만들어내며 대화에도 못지않게 필요하기에 훌륭한 청취자들을 만들어낸다. 그들은 모두 이야기를 효과적으로 말할 수 있다. 이따금 문학적 조예가 덜 깊은 계급이 서사 면에서 늘 더 낫다는 것을 보여준다는 게 내 생각이다. 그들은 세부사항에 대한 인내심이 훨씬 더

강하며, 요점에 도달하기 위해 훨씬 덜 서두르며, 여러 사실 사이에서 훨씬 더 공정한 비율을 유지한다. 동시에 그들의 이야기는 적나라하다. 그들은 꾸준히 화제를 밀고 나가는 데 기민한 생각을 가진 것도 아니고 뜻밖의 방면에서 느닷없는 실마리를 던지는 것도 아니다. 또한 이야기가 끝나면 흔히 그 문제를 그대로 내버려 둔다. 이야기를 더 진행시키는 대신 제자리에서 맴돈다. 새로운 결론에 도달하기 위한 것을 생각하는 게 아니라 오로지 주장하기 위한 것만을 생각하며, 자아 향상을 위한 도구라기보다는 공격의 무기로 이성을 활용한다. 그런 이유로 매우 영특한 사람들의 이야기가 결과적으로 좋지 못하다. 서로 간의 타협이라는 게 없기 때문이다. 그들은 가능한 한 최소한의 전제조건만 인정하며, 반드시 말발로 이기거나 초토화시키겠다는 작정 하에 논쟁을 시작한다.

그러나 노동자의 이야기는 부유한 상인의 이야기보다 더욱 흥미로울 수 있다. 왜냐하면 노동자의 삶에 대한 생각이라든가 희망, 두려움이 필연성과 본성에 더욱 가까이 놓여있기 때문이다. 그들은 인간의 삶에 더욱 당면해 있다. 주 단위로 계산된 소득은 년 단위로 계산된 소득보다 훨씬 더 인간적인 것이다. 그리고 적은 소득은, 그야말로 그 적음으로 인해 많은 소득보다 훨씬 더 인간적인 형편을 반영한다. 나는 노동자가 어떻게 시시콜콜하게 절약하는지에 대해 듣는 것에 싫증 난 적이 없다. 어떤 품목이든지 진정한 즐거움을 대변하기 때문이다. 그가 일주일에 두 번 푸딩을 먹을 수 있는 형편이 된다면, 우리는 그가 일주일에 두 번 맛있는 음식을 실컷 먹어서 육체적으로 행복했다는 것을 알게 된다. 반면, 부자는 7코스의 식사가 나와도 그중 반은 십중팔구 맛도 보지 않은 채로 남겨져 있으며, 전체적으로 돈만 허비하고 육체에 피로만 더했다는 것을 알게 된다.

한 동료 승객을 통해 노동자에게 있어 잉글랜드와 아메리카 사이의 차이가 무엇인지에 대해 아주 인간적인 면에서 알게 되었다. 그는 이렇게 말했다. "아메리카에서는 파이와 푸딩을 먹을 수 있소." 나는 경제학 서적에서 파이와 푸딩에 대해 충분히 알지 못했다. 사람은 맛있는 것을 먹고 아름답게 꾸미고 우발적인 삶의 속성 속에서 살며 또 그것들을 위하여 산다. 가령 푸딩을 먹고 재미있는 책을 읽거나 극장에 가는 등으로 여가를 채우는 게 그것이다. 헐벗은 생활의 조건은 모두가 경멸하며 거부할 것이다. 사람이 빵과 버터, 수프와 죽을 먹고 산다면 식욕은 산해진미를 쫓아 점점 게걸스러워질 것이다. 그리고 노동자는 변방에 사는데 그곳은 언제나 아무리 생명이 부지할 가치가 있더라도 생명을 부지한다는 게 너무나 힘든 활기 없는 지역이다. 우리가 생존하는 데 있어 모든 시시콜콜한 것들은 파이와 푸딩을 쫓아 대양을 건널만한 가치가 있는 곳에서 살아 꿈틀거리고 진정한 욕망 앞에서 마음을 빼앗긴다. 하지만 내게는 크로이소스*가 은행에 억만금을 갖고 있든지 아니든지 매한가지다. 폰 몰트게**처럼 집무실에 떨어져 앉아 전보로만 군사작전을 지휘하는 백만장자의 삶보다 삶의 전투에 일개 병사로 내려가는 노동자의 삶은 더욱 모험적이다. 한창 치열하게 일하고 있는 사람의 삶에 대해 살펴보자. 그에게 시장의 변화란 한 가지는 배를 곯는 것이며, 또 다른 한 가지는 맛난 식사를 배불리 먹는 것을 의미한다. 이것은 철학적인 문제가 아니라 경제의 인간적인 측면이며, 한 편의 소설처럼 흥미롭다. 그리고 그러한 상황에 처한 사람의 삶은 모두 미약하나마 로빈슨 크루소와 같은 매력을 띤다. 단계마다 위태위태한 인간의 삶이 적나라하게 발가벗겨지면서 최하의 조건에 가까워지기 때문이다.

*Croesus(560~546 B.C.). 리디아의 최후의 왕으로 큰 부자로 유명하다.
**Helmuth von Moltke(1800~1891). 프러시아의 육군 원수로 보불전쟁 당시 참모총장이었다.

뉴욕

　우리가 탄 배가 뉴욕에 점점 가까워지자 처음에는 흥이 났으나 시간이 조금 지나면서 다소 머뭇거리며 망설여졌다. 우리 주위에 떠돌았던 조심스럽고 소름 끼치는 이야기들 때문이었다. 마치 식인종들이 사는 섬에 상륙하기로 되어 있는 것으로 생각될 정도였다. 거리에서 절대 누구에게도 말을 걸어선 안 된다고 했다. 사기당하고 두들겨 맞을 때까지 절대로 우리를 그냥 두지 않기 때문이란다. 호텔로 들어갈 때는 군인이 경계 근무를 서듯 들어가야 한다고 했다. 최소한 다음 날 아침 돈도 가방도 필요한 의복도 없이 홀로 침대에서 가랑무처럼 깨어나는 것을 염려해야 하기 때문이란다. 그리고 만약 최악의 상황이 닥친다면 우리는 곧장 그리고 불가사의하게 인류의 대열에서 사라질 것이라고 했다.

나는 대개 그런 이야기들이 최소한 약간은 사실에 부합한다는 것을 알고 있었다. 세벤*에 있는 길가의 여인숙을 조심해야 한다는 말을 들었던 기억이 났다. 그것도 꽤 박식한 교수가 한 경고였었다. 그리고 프라델르에 도착했을 때 그 경고가 해명되었다. 그것은 그저 멀리 떨어진 곳의 소문이자 이미 반세기가 된 무서운 이야기가 되풀이되는 것이며, 극장에서도 거의 잊혀진 이야기였다. 그래서 아메리카에 부정적인 이러한 이야기들을 가볍게 여기고 싶었다. 하지만 우리는 무시해서는 안 된다는 것을 증명하는 남자와 배에 함께 타고 있었다. 그는 하마터면 이런 위험한 일을 온몸으로 당할 뻔했다고 했다. 강도 여인숙을 찾아갔던 것이었다. 대중들은 이런 류의 사건에 대해 근거가 충분하다며 오래전부터 즐겼다. 자, 이제 힘닿는 데까지 들은 그대로의 이야기를 전하겠다.

동료 승객은 뉴욕 출신으로 친구와 함께 일을 찾아 보스턴으로 갔다. 그를 맥너튼이라고 부르겠다. 기세등등한 사내들이었던 그들은 짐을 역에 두고 그날 맥주집에서 의기투합해서 시간을 보냈으며 이윽고 자정이 되었다. 숙소를 찾으려고 두 시까지 거리를 헤매다니며 여관 문을 두드

*프랑스 남부에 있는 산맥. "세벤"은 삼림이 울창한 사면斜面을 뜻한다.

렸으나 문전박대당하거나 아니면 그들이 조건을 거절했다. 두 시쯤 되자 술기운이 차츰 가시기 시작했다. 그들은 지쳤고 기운이 꺾였으며 엄청나게 뱅뱅 돌아다닌 뒤 숙소를 찾기 시작했던 바로 그 거리에 있다는 것을 알았다. 이미 방이 있냐고 물어보았던 프랑스풍 호텔 앞이었다. 아직 문이 열려있는 것을 본 그들은 다시 돌진하였다. 흰 모자를 쓴 남자가 문 옆의 안내실에 앉아 있었다. 남자는 그들이 처음 나타났을 때보다 더 따뜻하게 맞이하는 것으로 보였으며, 그날 밤 숙박비는 1달러에서 뚜렷한 이유 없이 4분의 1로 다소 떨어져 있었다. 그들은 그가 고약해 보인다고 생각했으나 각기 25센트씩 지불하자 호텔 꼭대기 층을 보여주었다. 흰 모자를 쓴 남자는 그 작은 방에서 그들에게 쾌적하게 자기 바란다고 했다.

침대 하나, 의자 하나, 편의시설이 조금 갖추어져 있었다. 문은 안에서 잠기지 않았으며, 유일한 장식품이라고는 그림액자 한 세트였다. 하나는 침대 머리맡 위 가까이에 있었고, 또 하나는 맞은편 발치에 있었다. 이따금 귀한 수채화나 고인의 초상화, 대체로 급변하는 주제를 넘어선 그림, 즉 시대를 초월한 작품에서 볼 수 있듯 둘 다 휘장이 둘러져 있었다. 휘장이 둘러진 것을 본 맥너튼의 친구는 아마도 시대를 초월한 작품과 같은 것을 찾을 수 있기를 바라며 머리맡에 있는 첫 번째 액자의 휘장을 밀어젖혔을 게다. 그는 깜짝 놀랄 정도로 실망했다. 액자는 틀이 둘러지고 그림을 가리도록 휘장까지 마련되어 있었는데 그림이 없었다. 대신 직사각형의 액자 틀 사이로 어두컴컴한 복도만이 내다보였다. 서 있지 않고도 베개 밑에 있는 지갑을 쉽게 빼낼 수 있거나 침대에 누워 잠든 사람을 목 졸라 죽일 수도 있었다. 맥너튼과 친구는 바스코의 선원들처럼 "무수한 추측을 하며"* 서로를 빤히 쳐다보았다. 그런 다음 친구는 불빛을 뒤따라가 또 다른 액자로 달려가더니 거칠게 휘장을 들어 올렸다. 그는 겁에 질린 채 그 자리에 서 있었다. 뒤따라간 맥너튼이 공포에 질려 그의 손목을 붙잡았다. 그들은 또 다른 방을 들여다볼 수 있었는데 그들이 묵는 방보다 더 컸으며, 그 방에는 남자 셋이 어둠 속에서 말 없이 웅크리고 앉아 있었다. 몇 초

*Vasco Núñez de Balboa(1475~1519)는 대항해시대의 에스파냐 탐험가, 정복자이다. 유럽인으로는 최초로 태평양을 발견했다. 인용문은 시인 존 키츠의 「채프먼의 호머를 처음 읽고서」에 나오는 구절("그의 부하들 모두가 무수한 추측을 하며 서로를 바라볼 때, 다리엔의 봉우리에 말없이 서 있는 강건한 코르테즈와 같은 느낌이 들었다네")로, 키츠가 스물한 살 때 조지 채프먼이 번역한 호머의 『일리아드』와 『오디세이』를 빌려서 밤새워 읽고 다음 날 아침에 그 감격을 시로 표현한 것이라고 전해진다. 실제로 태평양을 발견한 사람은 바스코이고, 코르테즈는 멕시코를 정복한 사람이기 때문에 역사적인 오류가 있다는 지적이 있다.

정도 이 다섯 사람은 서로의 눈을 똑바로 바라보았다. 그런 뒤 휘장이 내려졌으며, 맥너튼과 친구는 번개처럼 방에서 뛰쳐나와 아래층으로 내려갔다. 흰 모자를 쓴 남자는 그들이 지나갈 때 아무 말도 하지 않았다. 그리고 그들은 침대에 대한 생각을 싹 잊고 다시 한번 탁 트인 밤거리에 있다는 게 무척이나 기뻐서 아침까지 보스턴 거리를 거닐었다고 했다.

이 이야기로 인해 의기소침해진 사람은 아무도 없어 보였지만, 모두가 그 "명망 높은" 호텔의 주소를 물어보았다. 나는 어땠냐 하면, 존스 씨가 이끄는 대로 따랐다. 둘째 주 일요일 정오 전에 우리는 뉴욕항의 낮은 해안을 보았다. 3등실 승객들은 이튿날 아침에 캐슬 가든을 거쳐 가기 위해 배에 남아있어야 했다. 하지만 우리 2등실 승객들은 1등실 귀빈들과 더불어 무사히 빠져나왔다. 존스와 나는 웨스트 가街로 가 여섯 시까지 무개 짐마차 바닥에 깔린 짚더미 위에 앉아 있었다. 경이롭게도 비가 내렸다. 그리고 그 순간부터 다음날 밤 뉴욕을 떠날 때까지 소강상태가 거의 없이 폭우가 그치지 않았다. 도로가 물바다가 되었으며, 빗방울이 요란하게 떨어지는 소리가 대기를 가득 채웠다. 식당에서는 흠뻑 젖은 사람들의 흠뻑 젖은 옷 냄새가 흠씬 풍겼다.

돈이 제법 많이 들긴 했지만 웨스트가에서 목적지까지

마차가 덜커덩거리며 가는 데는 몇 분밖에 걸리지 않았다. "캐슬 가든에서 걸어서 1분, 웨스트가 10번지, 리유니온 하우스. 캐슬 가든, 증기선 선착장, 캘리포니아 증기선과 리버풀 선박 이용하기 용이함. 숙식비 하루에 1달러, 한 끼 식사 25센트, 1박 숙박 25센트. 가족실 있음. 짐 보관이나 수화물 무료. 모든 고객님께 만족 보장. 마이클 미첼, 주인백." 이런 것까지 자세하게 말해도 될지 모르겠는데 리유니온 하우스는 변변찮은 여관이었다. 기다란 바를 통과해 들어가면 작은 식당을 지나치게 되고 거기에서 더 작은 부엌으로 들어가게 되었다. 시설은 아주 평범했으나 미국인의 취향에 맞게 어서 오라고 환대하는 글귀가 걸려 있었다.

존스는 그곳에서 유명했으며, 우리는 따뜻하게 환대받았다. 2분 후 나는 주인장이 주는 술을 사양했고, 보통 유럽식대로 시가를 사양하고 있을 때 주인장이 단호하게 끼어들어 상황을 설명했다. 그는 내게 한턱내고 싶었던 것으로 보였는데, 미국인 술집 주인이 무언가를 권할 때는 한턱내고 싶어 한다는 것을 명심해야 한다. 그리고 술을 마시고 싶지 않다면 적어도 시가는 피워 주어야 한다. 나는 숫기가 없었기에 미국인으로서의 이력에 첫 단추를 잘못 끼었다는 기분이 들었다. 나는 그렇게 받은 시가를 즐기지 않았지만 이

번엔 아마 여러 이유에서 온 것일 수 있다. 아무리 최고의 시가라도 억수같이 쏟아지는 빗속에서 4분의 3을 피우는 것은 별로 내키지 않기 때문이다.

여러 해 동안 아메리카는 나에게 일종의 약속된 땅이었다. "제국의 행군이 서부로 흔들림 없이 나아가리라!" 그 경주는 젊은이들에게 그 순간을 위한 것이며, 우리가 불완전하면서도 모호하게 알아 왔던 것이자 현재도 그렇게 알고 있는 것이다. 우리의 상상의 나래는 아직까지도 저 너머에 놓여있다. 그리스, 로마, 고대 유대*는 여러 세대에게 업적을 유산으로 남긴 채 영원히 사라졌다. 중국은 새로운 도시국가 속에서 오래 거주한 집을 여전히 견디고 있다. 잉글랜드는 미합중국을 잃은 이래 진즉에 쇠퇴하였다. 그런고로 미합중국에는 아직 개발되지 않은 미지의 가능성이 무궁무진하며, 또 한 명의 이브처럼 오래된 땅 옆구리에서 나온 갈비뼈 하나가 성장하면서 잉글랜드에서 젊은이들의 마음은 자연스레 그들 연령대의 미합중국을 향하여 희망을 품게 된다. 미국인이 그 기분을 이해하기는 어려울 것이다. 하지만 미국인에게 고루하고 완고한 사회에서 자라났을 잉글랜드의 젊은이를 상상해보게 하라. 옛날 방식을 따르고 자신만

*팔레스타인 남부에 있었던 고대 로마령領.

의 생기 넘치는 본능을 불신하도록 배워온 잉글랜드의 젊은이가 이제 갑작스럽게 자기 나이 또래의 사촌에 대해 듣게 된 것이다. 그런데 그 사촌은 스스로 가정을 꾸리고 구속과 전통에 전혀 얽매임이 없이 살고 있다니! 미국의 젊은이들에게 그런 것을 상상하게 하면 아메리카 합중국으로 관심을 돌리는 혈기왕성한 잉글랜드의 젊은이들의 마음이 어떤지에 대해 완벽하지는 않을지라도 어느 정도의 개념은 갖게 될 것이다. 그들에게는 서부에서의 삶의 전쟁이 여전히 광활한 대지에서 자유롭고 야만적인 조건에서 행해지는 것처럼 보인다. 마치 아직까지도 응접실로 좁혀지지 않고, 또 어떤 부당하고 지루한 중재를 하듯 복장을 갖춰 입고 형식상의 절차에 따라 슬프고도 무의미한 자기부정을 하며 타협을 통해 행해지는 것은 시작도 안 된 것처럼 말이다. 이 둘 중 그는 어느 것을 더 선호할까. 젊은이라면 자신을 위한 올바른 결정을 남겨둘 것이다. 그는 어디든 열 수 있는 열쇠를 거부당하느니 차라리 집 없이 사는 편이 낫고, 완고하기로 명망 높은 분들과 소고기를 먹느니 차라리 굶는 편이 낫다고 할 것이다. 또한 세상이 명령하는 대로 인생을 따르느니 차라리 통제할 수 없는 일을 벌이는 편이 낫다고 할 것이다.

그는 메인주의 법*이라든가 청교도적인 결벽주의, 돈에

대한 맹렬하고 추악한 욕망, 시골 마을의 따분한 생활 같은 것에 대해 생각하지도 않고 알지도 못한다. 어린 시절을 즐겁게 해주었던 몇 권의 야생자연 책은 아메리카의 모습에 대한 상상력의 토대를 형성했다. 시간이 흐르면서 다음과 같이 흥미진진한 세부사항들이 엄청나게 추가되었다. 거대한 도시들은 마법이라도 부린 것처럼 자라나며, 가을에 남쪽으로 갔던 새들은 봄과 함께 돌아와 습지에서 수도 없이 진을 치며, 등불은 사람들로 북적이는 거리 곳곳에서 타오른다. 숲은 눈처럼 사라지며, 대영제국보다 더 큰 시골은 말끔하게 개간되어 정착지가 되며, 사람들이 서로 앞다퉈 세간살림을 갖고 달려가는데도 곰과 인디언은 아직까지도 그들이 접근하는 것을 거의 눈치채지 못하고 있다. 땅에서는 기름이 솟구쳐 나오고, 뾰족뾰족하고 가파른 산맥의 개울과 협곡에서는 사금을 캐거나 채취할 수 있다. 월트 휘트먼이 활기차고 경쾌하고 떠들썩하게 시에서 읊은 북적거리고 용감하고 활동적이고 변화무쌍한 그 모든 것이 아메리카에 있는 것이다.

나는 이제 드디어 이곳 아메리카에 왔고, 이내 이국적인

*미국에서 첫 번째 금주법은 1838년 메인주에서 통과되었는데, 이 법으로 인해 독주의 판매를 금지하게 되었다.

것들을 좀 엿보려고 뉴욕의 거리로 나섰다. 그곳은 내게 리버풀과도 같은 분위기를 풍겼다. 하지만 비가 억수같이 쏟아졌기에 천국 그 자체처럼 마음이 설레지는 않았다. 우리는 모두 네 명이었으며 우산을 두 개 썼다. 최근에 이민 온 스코틀랜드 사내 둘은 동포인 존스와 나를 환영할 마음이 들지 않을 수 없었다. 그들은 뉴욕에 온 지 6주가 되었는데 둘 중 누구도 아직까지 단 하나의 일자리도 찾지 못했으며 단 한 푼도 벌지 못했다. 오늘까지 그들은 밥 한 끼조차 먹기 힘들 정도로 돈에 쪼들리고 있었다.

사내들은 얼마 안 있어 우리를 떠났다. 이제 나는 신에게 맹세코 둘이 먹다 하나 죽어도 모를 정도의 저녁을 먹고 싶었다. 가진 돈이 많지 않았으니 망설이는 게 당연했으나 악마가 나를 구슬렸다. 존스와 나는 이교도 황제들처럼 만찬을 들고 싶었다. 나는 곧바로 식당을 물어보는 일에 착수했다. 그래서 제일 부유하고 가장 미식가처럼 보이는 행인들을 택해 물었다. 그런데 얼마가 되든지 마땅히 지불할 용의가 있다고 말했는데도 모두가 하나같이 나를 정가제를 실시하는 값싼 식당으로 보내버렸다. 그날 밤 한 끼의 식사로 스무 번의 저녁식사 비용을 들여가면서 먹지 않을 곳 말이다. 그런 것이 뉴욕의 특징인지, 아니면 존스와 내가 만찬을 즐길만한 사람으로 보이지 않아서 진취적인 제안을 좌절시키려고 그랬던 것인지는 잘 모르겠다. 하지만 드디어 우리는 영특하게도 프랑스식 식당을 찾아냈다. 프랑스인 웨이터, 근사한 프랑스 요리, 소위 프랑스 와인, 프랑스 커피. 온통 프랑스 일색으로 거나하게 마칠 수 있는 곳이었다. 그 커피를 맛보았을 때만큼이나 완벽하게 육지에서 미국인의 기분에 젖어든 적이 없었다.

아마 우리는 리유니온 하우스에서 "가족 전용실"에 있었던 것 같다. 방은 아주 작았다. 침대 하나, 의자 하나, 옷걸이용 못이 몇 개 박혀 있었다. 그리고 사람이 사는 데 필요한 일체의 것은 빌려온 두 개의 등을 통해 얻을 수 있었다. 하나는 복도를 들여다보는 것이었고, 또 하나는 내리닫이 창이 없이 열려 있는 또 다른 방을 들여다보는 것이었다. 그 방에서는 남자 셋이 발작적으로 코를 골거나 중간중간 깨서 밤새도록 서로 지루하게 중얼거렸다. 맥너튼의 이야기에서 방을 배치한 것과 거의 정확하게 일치하는 모습을 볼 수 있었다. 존스는 침대에서 잤고, 나는 바닥에 이부자리를 폈다. 그는 아침이 가까워질 때까지도 잠을 이루지 못했으며, 나로 말할 것 같으면 뜬눈으로 밤을 지새웠다.

동이 틀 때 대포가 발사되는 것 같은 소리를 들었다. 그리고 그 후 곧바로 옆방에 있는 남자들의 코 고는 소리가 딱 멈추더니 바스락거리며 몸단장을 하기 시작했다. 그들이 대화를 나누는 소리는 낮았는데 마치 환자를 시중드는 사람들의 목소리 같았다. 이제 드디어 꾸벅꾸벅 졸기 시작한 존스가 몸부림치며 웅얼거리더니 이따금 내가 누워있는 곳 쪽으로 무심결에 눈을 떴다. 나는 점점 더 등골이 오싹해졌다. 밤새 뒤척이며 잠 못 들어 약간 열이 났기에 서둘러 옷을 입고 아래층으로 내려갔다.

안마당 건너편에 있는 공중화장실로 가려면 여전히 장대 같이 쏟아지는 비를 뚫고 가야 했다. 그곳에는 세면대 세 개와 꾸깃꾸깃한 수건 몇 개, 물고기처럼 미끈거리는 흰색의 젖은 비누가 몇 개 있었다. 또 거울 하나와 빗인지 의심스러운 빗 한 쌍도 잊을 수 없다. 선량해 보이는 스코틀랜드 사내 하나가 그곳에서 세수를 하고 있었다. 그는 뉴욕에 온 지석 달이 되었는데 아직까지 단 하나의 일자리도 찾지 못했으며 단 한 푼도 벌지 못했다고 했다. 오늘에 이르기까지 그 사내 또한 똑같이 목구멍에 풀칠하기도 어려운 형편이었다. 나는 동료 이민자들 생각에 가슴 한켠이 아파오기 시작했다.

뉴욕에서 악몽과도 같이 헤매다닌 것에 대해 좀 말해야겠다. 나에겐 해야 할 일이 수도 없이 많았는데 그 일들은 모두 낮 시간에만 처리해야 하는 일들이었으며, 저녁이면 대륙의 밤거리를 싸돌아다니는 여정이 내 앞에 놓여 있었다. 지치지도 않고 폭우가 쏟아졌다. 이따금 방수 외투를 쉬게 하려고 잠시 안전한 곳으로 대피해야 했을 정도라고나 할까. 이처럼 비가 세차게 쏟아지자 옷 안도 축축하게 젖기 시작했다. 나는 은행, 우체국, 철도 안내소, 식당, 출판사, 서점, 환전소로 갔으며, 웅덩이를 지나갈 때마다 발에 물이 흥건히 고였기에 바닥에 신경 쓰는 사람들은 나를 쌀쌀맞은 눈길로 쳐다보았다. 또한 내가 가는 곳마다 똑같은 특성을 보였다. 사람들은 모두가 놀랍도록 무례했고 또 놀랍도록 친절했다. 환전상은 내게 프랑스의 경찰국장처럼 자세히 따져 물었다. 나이, 직업, 평균 소득, 목적지를 물어보고 내가 얼버무리려 하자 무참히 깎아내렸으며 내가 대답하면 침묵으로 일관했다. 그렇지만 모든 절차를 마쳤을 때는 힘차게 악수를 나누고는 내 책값을 할인받으려고 빗속에서 거의 400미터에 달하는 거리를 사환을 보냈다. 또, 아주 큰 서점에서 매니저로 보이는 한 남자는 내가 이전에 어떤 가게에서도 받아본 적이 없었던 식으로 나를 맞이했다. 그는 나의 정직함을 조금도 신뢰하지 않았으며, 선박 승무원과 똑같이 자신이 알 바 아니라는 이유로 책 제목을 찾아보거나 조금이라도 도움이나 정보를 주려 하지 않았다. 결국 화가 나 이성을 잃은 나는 아메리카에 처음 온 타국인이며 그들의 예의범절에 대해 알지 못한다고 말했다. 하지만 그가 만약 잉글랜드의 어떤 서점에 가더라도 내가 아주 후한 대우를 받는 사람이라는 것을 알게 될 거라고 장담했다. 그러한 자랑은 어쩌면 과장되었을 것이다. 하지만 모험을 건 여러 시도와 마찬가지로 그 자랑은 대성공을 거두었다. 매니저는 즉시 극단에서 극단으로 치달았다. 즉, 그 순간부터 나에게 대단히 친절을 베풀었다고 말해도 좋으리라. 그는 나에게 온갖 좋은 조언을 해주었고, 도움이 될 만한 곳들의 주소를 적어주었으며, 빗속에서 모자도 쓰지 않은 채 점심 먹을 식당을 알려주러 나왔는데 심지어는 그것으로도 충분하지 않다고 생각하는 것처럼 보였다. 그러한 것들이—정말 강조해도 좋을 만한—아메리카의 예의범절이었다. 동부에서 서부에 이르기까지 나를 가장 놀라게 한 인상은 거의 모든 계급의 사람들이 한결같이 이처럼 대조적이라는 것이었다. 그가 한 모욕적인 행동으로 인해 내가 극도로 괴로울 즈음 신뢰와 도움의 손길로 배려하며 감동시키는 지경에 이르는 식이었다. 나는 아주 여러 군데서 그와 같은 사람들을 접하긴 했으나 이는 아메리카의 일부 특정한 주나 연합 주들의 특성이 틀림없다고 생각하며, 여러분은 모든 계급에서 세상에서 제일 깍듯한 신사들을 만나게 될 것이다.

저녁이 가까워지면서 미첼의 호텔로 다시 돌아왔을 때는 비에 홀딱 젖어 있어서 신발과 양말, 바지를 벗어 던져야 했으며, 뉴욕시를 위하여 그것들을 두고 가야 했다. 출발하기 전까지는 불을 쬐어도 말릴 수가 없었으며, 당시의 상태로 짐을 싸면 다른 소지품들까지도 엉망으로 만들어버릴 것 같았기 때문이다. 미첼의 부엌 바닥에 물웅덩이가 괸 흐물흐물한 옷가지들을 두고 이별을 고하려니 마음이 무거웠다. 지금쯤이면 다 말랐을지 모르겠다. 미첼은 역까지 내 짐을 나를 짐꾼을 부렸다. 역은 아주 가까이에 있었으며 미첼 본인도 나와 동행해서는 역무원들에게 내게 각별한 관심을 부탁했다. 그보다 친절한 사람은 없을 것이다. 돈에 쪼들리는 사람이라면 안심하고 리유니온 하우스로 가시라. 제법 괜찮은 식사와 정직하고 친절하게 도와주는 주인을 만날 수 있을 테니 말이다. 나의 두 번째이자 훨씬 덜 기분 좋은 이민 경험의 장으로 들어가기 전에 그에게 고맙다는 말을 꼭 전하고 싶다.

2부

대평원을 가로지르며

카운슬 블러프즈*로 가는 길에서

월요일—내가 제대로 기억하고 있다면, 우리 모두가 철도와 연결되는 여객선 항구에 도착한다는 신호를 받은 것은 다섯 시였다. 토요일 밤 뉴욕에 이민선 한 척이 도착했고, 일요일 아침에 또 한 척, 일요일 오후에 우리가 탄 배가 도착했으며, 월요일 오전에 네 번째 배가 도착했다. 일요일에는 이민선 기차가 없기 때문에 이 네 척에 탄 승객들 대부분이 내가 이동하기로 되어 있는 기차에 몰렸다. 갈피를 못 잡고 우왕좌왕하는 남자와 여자, 아이들로 인산인해를 이루었다. 초라하고 조그만 매표소와 그리 크지 않은 수하물 보관소는 이민자들로 빽빽하게 붐비었으며 물이 뚝뚝 떨어지

*미국 아이오와주 서남부의 도시. 미주리강을 끼고 네브래스카주의 오마하와 마주보고 있다.

는 흠뻑 젖은 옷은 사방에 퀴퀴한 냄새를 풍겼다. 침구를 가득 실은 덮개 없는 수레가 빗속에서 30분 동안 대기하고 있었다. 역무원들은 서로에게 비난을 떠넘기고 있었다. 이민선 관리자인 것 같은 희끗희끗하게 수염이 난 자그마한 남자가 온 사방에다 입에 거품을 물고 호통치며 간섭하고 있었다. 그곳에 만약 시스템이라는 게 존재한다면 모든 시스템이 그토록 많은 승객들의 압박감을 견디지 못해 완전히 고장 난 게 틀림없을 것이다.

나는 즉시 표를 받았다. 이 소란스런 와중에도 정신을 잃지 않은 늙수그레한 남자가 내 짐을 기재하면서 움직이라고 말할 때까지 있던 곳에 조용히 있으라고 충고했다. 나는 어깨에 작은 여행 배낭을 짊어지고 다녔는데, 기차 여행 시에는 무릎에 올려놓는 그 가방 안에는 총 여섯 권으로 된 두툼한 『밴크로프트의 미합중국의 역사』가 들어 있었다. 그 책은 단거리를 이동할 때 휴대하기도 편했지만 많은 양의 옷가지를 안전하게 지켜주었으며, 배낭은 그때도 그렇고 나중에도 종종 작은 의자용으로 유용했다. 수하물 보관소에 한 시간은 족히 앉아 있었는데 그것만으로도 영 기분이 안 좋았다. 하지만 드디어 통과해도 좋다는 말이 떨어져 짐꾸러미를 챙겨 길을 나섰을 때는 불쾌함을 순전히 비참함과 위험함으로 맞바꾸는 것일 뿐이었다. 짐꾼들을 따라 웨스트 가에서 강가의 내리막길로 내려가 긴 창고에 이르렀다. 창고는 어두웠고 바람이 구석구석까지 휘몰아쳤다. 그곳에서 나는 한 뭉텅이의 승객들과 수백 톤은 될 것 같은 짐들을 발견했다. 눈앞에 벌어진 광경을 믿기가 어려웠다. 단연코 그 광경은 매우 예외적이었을 것이다. 왜냐하면 매일 반복되기에는 너무나 위험했기 때문이다. 창고는 사람과 물건들로 빽빽이 채워져 있었다. 한 덩어리로 뒤엉킨 난폭하고 살아 있는 장애물 사이를 통과할 수 있을 것 같지 않았다. 서둘러야 하는 데다 일이 너무 많아 극도로 화가 난 짐꾼들이 위쪽에 둘러서 있는 사람들 사이로 고함치며 밀어 헤치고 나아갔다. 우리는 양처럼 서 있었으며, 짐꾼들은 사납게 날뛰는 양몰이개들처럼 우리 사이로 돌격했다고 말해도 좋을 정도였다. 나는 이 사람들이 자신들의 행동에 대해 책임져야 한다고 생각하지 않는다. 중요한 것은 그들이 무엇을 운반하고 있느냐가 아니라 북새통을 이루는 사람들 속으로 곧장 밀고 들어가서는 더 이상 갈 수 없게 되자 앞뒤 재지 않고 손수레 한 대분의 짐을 내려놓았다는 것이다. 그 일례로 나는 한 어머니의 무릎에 앉아있는 한 아이의 목숨을 내 손으로 직접 구했다. 어머니는 상자 위에 앉아 있었다. 그리고 그때 이후로 사고가 났다는 소식을 듣지 못했기에 그날 저녁이 경과하는 동안 이와 유사하게 다른 사람이 끼어든 사례가 여럿 있었을 거라 짐작만 할 뿐이다. 짐꾼도 아이의 어머니도 내 행동에 조금도 관심을 기울이지 않았다고 말한다면, 우리의 마음 상태가 얼마나 위축되었는지를 어느 정도나마 알려주리라. 나도 나 자신이 한 일을 이해한 것은 얼마가 지난 후였다. 무거운 상자들을 피하는 것은 순간적으로 인간의 목숨에서 자연스러운 일처럼 보였기 때문이다. 가령 악몽에서 맞닥뜨리게 되는 것과 같은, 앞길을 완전히 막아서는 춥고 축축하고 떠들썩한 소리는 완전히 기를 죽였다. 우리는 어린아이가 세상의 상황을 받아들이듯 이러한 연옥을 받아들였다. 나로 말할 것 같으면, 나는 오한이 좀 났으며 녹초가 된 나머지 등이 아팠다. 하지만 희망도 두려움도 없었던 것 같다. 게다가 생리적인 욕구에서 나오는 모든 활동조차도 크나큰 불편함을 더할 뿐이었다.

마침내 얼마의 시간이 흘렀는지는 모르겠으나 사람들이 안간힘을 쓰며 움직이기 시작했다. 거의 같은 시각에 램프가 몇 개 켜지며 순간적으로 창고 너머로 불꽃이 일었다. 저지시*로 가는 배에 탈 사람들이 서서히 이동하고 있었다.

*미국 뉴저지주 동북부, 허드슨강을 사이에 두고 뉴욕시를 마주보는 항구 도시.

이렇듯 서서히 이동하는 과정이 얼마나 느린지 상상할 수 있으리라. 사람들이 빽빽하게 숨 막힐 듯 잔뜩 몰려들었는데 하나 같이 짐꾸러미나 아이들이 너무 많은 데다 도중에 표를 꺼내야만 했다. 한참 있다가 내 순서가 왔고, 나는 얇은 천막 밑에 있는 갑판에서 조금이나마 기지개를 켜고 숨통을 틀 수 있었다. 이 공간은 우현에 있었다. 이민자들 태반이 우리가 입장했던 좌현 쪽에 옴짝달싹할 수 없이 끼어 있었기 때문이다. 앞으로 움직이지 않으면 배가 난파한다고 선원들이 소리 지르며 위협했으나 허사였다. 그 불쌍한 사람들은 마비된 듯 그 자리에서 옴짝달싹하지 못하며 한 발짝도 움직이지 않았다. 변함없이 장대비가 쏟아지다가 이제 돌연 산들바람이 휙 불어왔다. 바닥에 실은 짐으로 인해 몹시 위험해 보이기도 했다. 우리는 마치 부상당한 오리처럼 물속에서 하나의 물갈퀴를 질질 끌며 어둠 속에서 강 위로 살금살금 움직였다. 이따금 불빛이 환히 빛나는 거대한 증기선들이 빠르게 지나갔는데, 증기선들은 음악을 통해 다가오고 있음을 알렸다. 좌현으로 기우는 배와 축축하게 젖은 짐과 말 없는 이민자를 태운 우리의 이 암울한 배와 즐거운 승선 사이의 대조는 예술의 목적을 위해 너무도 명백하게 여겨지는 빤한 묘사와 같은 것이었다. 저지시에 상륙하자 사람들이 우르르 몰려나왔다. 나는 재난이 닥칠 거라는 느낌을 떨쳐버릴 수 없었고, 사람들이 하는 행위로 판단하건대 우리 모두가 공통적으로 다 같이 그렇게 믿는 듯했다. 두려움이 낳은 것과 같은 극심한 공황상태에서의 이기주의가 팽배해지면서 상륙할 때 무질서를 낳았다. 사람들은 다른 사람들을 밀어내고 팔꿈치로 밀치며 달려나갔는데 가족들은 가능한 한 그 뒤를 따랐다. 부모들은 아이들이 넘어지자 일으켜 세우며 그에 대한 벌로 꿀밤을 한 대 때렸다. 부모를 잃은 한 아이는 발작에 가까운 듯 점점 더 빽빽 날카롭게 비명을 질렀다. 한 역무원이 곁에 데리고 있었지만 아무도 아이의 고통을 주목하지 않는 것처럼 보였다. 나 또한 그들과 똑같은 사람들 측에 끼었다는 게 부끄러웠다. 나는 지친 나머지 부두와 기차역 사이의 약 100미터 남짓한 거리에서 두 번이나 짐보따리를 내려놓고 쉬어야 했으며 비를 피할 수 있는 곳에 도착했을 때에는 몸이 온통 젖어있었다. 대합실도 식당도 없었다. 기차간은 문이 잠겨 있었다. 그렇게 적어도 한 시간 이상을 찬바람이 쌩쌩 부는 가스등 불빛 아래의 승강장에서 진을 쳐야 했다. 사람들을 관찰하기에는 너무 혼잡해서 나는 작은 배낭 위에 앉아 있었다. 하지만 그들 모두 춥고 젖고 지쳤으며, 어리석게도 잘못된 판단으로 인해 미친 듯이 몰려갔기 때문에 나만큼이나 즐거울 수 없었을 거라 믿는다. 나는 한 사내아이에게서 오렌지를 여섯 개 샀다. 오렌지와 땅콩만이 유일하게 요깃거리였기 때문이다. 그중 겨우 두 개만이 그나마 과즙이라 할 만한 것이 나왔기에 나머지 네 개는 기차간 밑으로 던져버렸다. 그리고는 꿈속에서처럼 어른들과 아이들이 내가 남긴 쓰레기를 찾아 더듬어 가는 것을 바라보았다.

온몸이 축축이 젖은 채 실의에 빠져있던 우리는 드디어 차량 안으로 들어가도 좋다는 허락을 받았다. 옷솔을 꺼내 바지들을 최대한 열심히 솔질해서 말리자 덤으로 온몸에 따뜻한 기운까지 돌았다. 하지만 내가 옷솔을 빌려준 옆 사람을 제외하고는 다른 누구도 최소한의 예방조치도 취하지 않는 것 같았다. 그들은 젖은 채로 아무렇지도 않은 듯 태연하게 잠을 잤다. 나는 필라델피아의 불빛을 보았으며, 객차를 갈아타라는 지시를 두 번 받고 두 번 철회된 다음에서야 다른 사람들처럼 잠을 이룰 수 있었다.

화요일—잠에서 깨어났을 때는 이미 해가 중천에 떠 있었으며, 기차는 한가롭게 서 있었다. 마지막 칸에 타고 있던 나는 다른 사람들이 앞뒤로 줄 서는 모습을 보면서 문을 열고는 길가에 있는 마차 대열에서 나오듯 기차에서 내려섰다. 근처에 정거장도 없었고, 내가 볼 수 있는 한 그 어떤 것이 있다는 흔적조차 없었다. 파도 모양의 탁 트인 푸른 땅이 사방팔방으로 펼쳐져 있었다. 아카시아 나무들과 유일한 옥수수 밭뙈기가 이국적인 멋과 흥취를 주고 있었다. 하지만 땅의 형세는 부드럽고 영국적이었다. 완전히 잉글랜드 같지도 않고, 또 완전히 프랑스 같지도 않았다. 그런데도 내 눈에는 어느 쪽이라 해도 자연스러워 보일 정도였다. 내가 변화를 발견하고 놀란 것은 대지에서가 아니라 하늘에서였다. 여러분이라면 어떻게 설명할지 모르겠지만 나로서는 당최 설명할 길이 없다. 아메리카와 유럽에서 태양이 떠오르는 장관은 서로 다르다. 우리 고국의 아침은 황금빛과 주홍빛이 더욱 선명하며, 신대륙의 아침은 보랏빛과 황톳빛, 희부연 오렌지빛이 더욱 선명하다. 습관에서 온 것인지는 모르겠지만, 나에게는 신대륙의 동이 터오는 게 좀 덜 산뜻하고 기운을 덜 북돋는다. 빛이 좀 더 어스레한 데다 저물녘에 더욱 유사하기 때문이다. 뒤이어 오는 저녁에 더욱 어울려 보이는데, 실제로 아메리카는 그저 환상 속에서만이 아니라 오로라가 뜨며 날이 밝아오는 것과는 거리가 멀어 보였다. 당시 펜실베이니아의 철로 옆에 있으면서도 그런 생각이 들었지만, 대륙 저 멀리 떨어진 곳에서도 수도 없이 그런 생각이 들었었다. 만약 그것이 착시라면 매우 깊이 뿌리 박혀 있는 나의 시력이 공범이었다.

얼마 안 가 예배당 종소리 같은 박자의 엔진 소리가 나며 기차가 통로로 휙 들어왔다. 기다리던 기차였으므로 우리는 "전원 탑승!"하라는 소리를 듣고 다시 길을 나섰다. 전 노선이 온통 뒤죽박죽으로 보였다. 한밤중에 일어난 사고 때문에 모든 기차 시간이 지연되었기 때문이다. 우리는 이에 대한 대가를 몸으로 지불해야 했다. 그날 온종일 아무것도 먹지 못했기 때문이었다. 차량에서는 과일만 살 수 있었으며, 이따금 변변찮은 롤빵과 샌드위치를 파는 역 몇 군데에서 몇 분을 보내야 했다. 하지만 기차에는 사람이 너무 많았고 우리는 배가 고파 죽을 지경이었다. 나는 계산대에 팔꿈치를 밀어 넣으려고 온갖 시도를 다 해보았으나 커피는 언제나 다 떨어져 있었다.

아메리카의 일출은 장려한 여름날을 예고했다. 구름 한 점 없었으며, 해가 이글이글 타고 있었다. 그런데도 우리가 탄 기차가 구불구불 나아가는 숲이 우거진 강 계곡은 오후 늦게까지 청량한 대기를 유지했다. 내륙은 바다에서 새로이 풍겨오는 다양한 감미로움을 품고 있었다. 숲, 강, 파낸 흙의 냄새가 났다. 어떤 한 고장에서는 고향의 분위기가 풍겼다.

나는 시간 단위로 승강구에 서 있었다. 그리고 잇따라서 쾌적한 마을들과 대로 위의 차량들과 개울가의 낚시꾼들을 보았으며, 멀리서 새벽에 닭이 경쾌하게 우는 소리를 들었으며, 이제 태양이 더는 망망한 대해에서 우두커니 빛나지 않고 균형 잡힌 언덕들 사이에서 눈부시게 빛나며 그 빛이 흩어져 형태와 표면을 예상할 수 없이 무수히 물들이는 것을 바라보았다. 마치 비옥한 토지를 상속받은 사람처럼 인생에서 출세한 기분이 들며 뿌듯해지기 시작했다. 그리고 기차의 제동수에게 그 강의 이름을 묻자 서스쿼해나강이라 불린다는 말을 들었을 때는 그 이름의 아름다움이 그 땅의 아름다움의 핵심적인 부분인 것으로 보였다. 아담이 신의 창조물에 걸맞는 이름을 가졌을 때처럼, 이 서스쿼해나라는 말은 단번에 상상력을 자극했다. 그 이름은 반짝이는 강과 멋진 계곡에 꼭 들어맞는 이름이었다.

이름이 품은 소리에서 특별한 즐거움을 느끼지 않는 이는 문학 자체에 관심을 가질 수가 없다. 그리고 미합중국처럼 명명법이 풍부하고 시적이며 유머러스하고 생생한 곳은 세계 어디에도 없다. 모든 시대와 민족, 언어가 제각기 이름에 기여해왔다. 페킨은 유클리드와 벨폰테인, 샌더스키와 동일한 오하이오주에 있다. 붉은 벽돌로 이루어진 런던의 첼

시에는 슬론 스퀘어와 킹스 로드가 있고 위풍당당한 태곳적 도시인 멤피스가 교외에 있는데, 그 이름들은 미시시피 강이 흐르는 테네시와 아칸소로 도시만 바꾼 채 자리 잡고 있다. 내가 대륙을 횡단하는 동안 그 두 도시는 전염병의 공포 속에 고립되어 무장한 남자들이 경비를 서고 있었다. 인디언 화살촉처럼 생긴 오래된 붉은 맨해튼은 영국풍의 뉴욕 아래쪽에 놓여 있었다. 여러 주와 속령의 이름 자체가 아주 그윽하고 대단히 낭만적인 낱말들로 일제히 형성되어 있었다. 델라웨어, 오하이오, 인디애나, 플로리다, 다코타, 아이오와, 와이오밍, 미네소타, 캐롤라이나가 그렇다. 이 이름들보다 귓가에 더욱 고상하게 들리는 시도 거의 없을 것이다. 선율이 아름다운 땅이다. 만약 제2의 호머가 서부 대륙에서 탄생한다면 기업용 회람에 실린 상상력을 자극하는 여러 주와 도시의 이름들로 그의 시문은 풍성해지고 매 페이지마다 절로 노래가 흘러나올 것이다.

저녁 늦게 우리는 피츠버그에서 내려 대합실에 들어갔다. 나는 이제 어떤 젊고 활기 넘치는 네덜란드 홀어미와 그녀의 아이들을 돌보고 있었다. 내가 얼마간 더 멀리 가는 동안 신의 섭리로 보살피게 된 것이었다. 하지만 그녀가 음식을 한 바구니 마련했다는 것을 알았을 때 대합실에 그녀를 남겨두고 저녁거리를 찾아 나섰다. 내가 이 끼니에 대해 언급하는 것은 거의 30시간 동안 처음으로 먹었기 때문만이 아니라 유색인 신사에 대해 처음으로 소개하고자 하기 때문이기도 하다. 그는 내가 먹고 있는 동안 어느 정도 시중을 들어주는 영광을 베풀었다. 그가 하는 모든 말, 표정, 몸짓은 그 놀라운 나라로 나를 한발짝 더 깊숙이 들어가도록 했다. 그는 비처 스토* 부인의 소설에 나오는 흑인이나 어린 시절에 보아왔던 크리스티 악단**과 정말 확연히 달랐다. 분명 다소 까맣지만 기분 좋게 따스한 느낌을 주는 신사가 약간은 기이한 이국적인 억양으로 영어를 말하는 모습을 상상해보라. 산전수전 속속들이 다 겪은 그 신사는 아랫사람 다루듯 하는 윗사람과 같은 태도로 무장했기에 나는 잉글랜드에서 그러한 태도에 상응하는 것을 뭐라 이름 불러야 할지 모르겠다. 집사는 집사가 아닌 사람에게 매우 고압적인 태도를 보일 테지만, 그런 다음에는 신중함과 한숨이 나올 정도의 인내심을 보여줌으로써 사람들로 하여금 종종 감탄하는 마음이 생기도록 바로잡을 것이다. 그리고 또 관념적으로 생

*Harriet Beecher Stowe(1811~1896). 미국 소설가. 노예제도에 대한 인도주의적인 분노를 작품 『엉클 톰스 캐빈』을 통해 표현했다.
**Christy Minstrels. 1843년 뉴욕 버펄로에서 유명한 발라드 가수인 에드윈 피어스 크리스티에 의해 결성된 흑인 그룹.

각할 때 집사는 친숙할 정도로 비굴해지지 않는다. 하지만 그 유색인 신사는 사람들에게 윙크를 보내기도 할 것이며, 하급생에게 심부름꾼 노릇을 시키는 상급생처럼 스스럼없이 대하고, 할 왕자와 함께 있는 포인즈와 폴스타프*와 마찬가지로 우리에게 굽히지 않을 것이다. 그는 자기 집에 있는 것처럼 편하게 우리를 맞이했다. 정말로 이 웨이터는 그 날 저녁식사 내내 우리와 함께 있으면서 젊고 자유롭고 자존심을 크게 내세우지 않는 주인이 객실을 청소하는 곱상한 하녀에게 대하듯 나를 대했다고 말해도 좋으리라. 나는 그 가엾은 흑인을 불쌍히 여기며 그의 기분을 편하게 해주고 내가 인종에 대한 편견이 전혀 없다는 것을 생색내며 증명할 만반의 준비가 되어 있었다. 하지만 그러한 생색은 다음 기회에 내기로 하였으며, 구차하지 않게 그 결과에 만족하였으니 걱정하지 마시라.

그가 매우 정직한 친구라는 것을 보면서 나는 예의범절이란 어떤 것인지에 대해 그에게 의견을 물었다. 미국인 웨이터에게 팁을 주겠다고 제안하는 것? "당치 않아요!" 그가

*포인즈와 폴스타프는 둘 다 셰익스피어의 『헨리 4세』, 『윈저의 명랑한 아낙네들』에 등장하는 인물들이다. 포인즈는 할 왕자가 어린 시절에 가장 친했던 친구이며, 폴스타프는 나중에 헨리 5세가 되는 할 왕자와 방탕하게 함께 놀던 늙은 기사이다.

말했다. 절대로 그것은 아니라고 했다. 그들은 팁을 받기에는 스스로 무척 고매하게 여긴다고 했다. 심지어 그렇게 제안하면 화를 낼 수도 있다고 했다. 그와 나는 아주 유쾌한 대화를 나누었다. 특히 그는 나와 함께 하는 시간을 크게 즐기는 듯했으며, 나는 이방인이었고, 이것은 아주 진귀한 경우 중 하나였다……. 하지만 아주 냉철하게 보지 않고도 나는 여전히 모든 것을 명명백백하게 볼 수 있었다. 그 유색인 신사는 교묘하게 25센트를 호주머니에 챙겼다.

수요일—자정이 조금 지난 후 홀어미와 그녀의 자식들과 함께 기차에 올랐다. 아침이 되자 우리는 멀리 오하이오로 와 있었다. 그곳은 일찍이 내가 상상 속에서 가장 꿈꾸던 고향 같은 곳이었다. 즉, 나는 주 단위로 오하이오에서 놀면서 아무런 기능이 없이 모양만 있는 모형 총을 갖고 멋진 수렵활동을 즐기면 되었다. 나의 역할은 여전히 총포에서 개머리판을 떼어내는 것이었다. 내가 특히 선호하는 것은 「카셀의 가족신문」*에 실리는 작품을 써서 유모가 내게 큰 소리로 읽어주는 것이었다. 용감한 인디언인 쿠스탈로가의 행위들을 서술한 것으로, 마지막 장에서 그는 부득이하게 얼굴에 칠한 분장을 씻어내고 레지널드 경이나 또 다른 누군

---

*1853년부터 1867년까지는 삽화 잡지였으나, 1874년에 종합 월간지가 되었다.

가가 되었더랬다. 이는 내가 절대 용서할 수 없는 계략이었다. 준남작이 되기 위해 인디언 전사를 포기한다는 생각을 나는 용납할 수 없었다. 그것은 마치 로빈슨 크루소와 같은 사람이 무인도에서 탈출하려고 열망하는 체하는 것처럼 신빙성에 위배되는 것이었다.

하지만 오하이오는 내가 꿈꿔왔던 오하이오가 전혀 아니었다. 우리는 이제 로키산맥까지 광활하게 펼쳐지는 대평원에 있었다. 그 고장은 네덜란드처럼 평지였지만 전혀 따분하지는 않았다. 오하이오, 인디애나, 일리노이, 아이오와로 가는 내내, 혹은 잠에서 깨어있는 순간 기차에서 본 것만큼이나 여러 풍경이 다채롭게 펼쳐졌으며 특유의 독특한 운치가 숨 쉬고 있었다. 높이 자란 옥수수는 눈을 즐겁게 했으며, 나무들은 그 자체로 우아했고, 평원은 저 멀리 하늘까지 닿아있었다. 또한 깨끗하고 산뜻하고 잘 가꾼 정원이 있는 마을은 현관에서의 여름 저녁과 식사가 얼마나 즐거운지에 대해 말하고 있었다. 평지에 펼쳐진 천국과도 같았다. 하지만 악마가 드나들지 않은 것은 아니었으리라. 그날 아침은 살면서 거의 느껴보지 못했던 얼어붙는 듯한 추위와 함께 날이 밝았다. 온도기로도 측정할 수 없을 것 같은 냉기가 폐부를 찌르며 혈관을 돌아다니는 듯했다. 오한으로 몸을 바들바들 떨며 한낮을 맞이했다. 호수에서 더욱 자주 볼 수 있는 하얀 안개가 평원의 표면 위를 엷게 덮고 있었다. 곧 햇살이 퍼지면서 안개를 쭉 빨아들여 지평선 끝에서 끝까지 아지랑이와 수정처럼 맑은 대기를 남기고 있었지만 안개는 여전히 그곳에 있었으며 우리는 이 천국이 습한 공기와 지긋지긋한 말라리아에 시달리고 있다는 것을 알았다. 울타리 도처에서는 딱 두 가지만을 광고하고 있었다. 하나는 담배를 권하는 것이었고, 또 하나는 학질에 대한 치료책을 자랑하는 것이었다. 한낮이 막 되려는 참이었다. 우리 모두가 첫 한기로 벌벌 떠는 동안 어떤 역에서 올라탄 그 주의 본토박이는 학자 같은 분위기를 풍기며 "열병과 학질의 아침"이라고 선언했다.

네덜란드 홀어미는 개성이 좀 강한 사람이었다. 그녀는 첫눈에 필자에 대해 극심한 혐오감을 품었는데 조금도 애써 숨기려 하지 않았다. 하지만 현실적인 생각을 가진 여자로서 내 관심을 받아들이는 데 조금도 거리낌이 없었으며 자신의 아이들에게 과일과 사탕을 사주라고 나를 부추기는가 하면 짐꾸러미까지 내게 모두 들게 했다. 그뿐만 아니라 나를 바닥에서 자도록 했다. 내가 남긴 빈자리를 차지하기 위함이었다. 그랬다. 그녀는 천성적으로 말이 많았으며, 더 나은 이야기가 없었는지 살아가는 이야기로 매우 설득력 있게 옮아가서는 어쩔 수 없이 속마음을 털어놓으며 자신의 인생에 관해 이야기했다. 나는 고인이 된 그녀의 남편에 대해 들었는데 남편이 일요일마다 그녀를 데리고 나간 것이 가장 큰 인상을 준 것으로 보였다. 나는 그녀의 전망, 그녀의 바람, 그녀의 재산, 그녀의 주당 살림 비용, 또 친구들을 제외하고는 보통 밝히지 않는 특별한 여러 문제에 대해 여러분에게 다 말할 수 있을 정도이다. 한 역에서 그녀는 자고 있는 아이들을 흔들어 깨워 승강장에 있는 남자를 보라고 하더니 Z씨 같아 보이지 않는지 말하라고 했다. 한편, 나에게는 Z씨와 어떻게 교제를 해왔는지, 또 얼마나 진행되었는지, 그리고 그녀가 지금 서부로 이동하고 있는 것은 그가 단념해서라며 왜 그렇게 되었는지에 대해 설명했다. 그런 다음 내가 그러한 사실들을 다 파악하게 되자 그런 남성미의 유형에 대해 어떻게 판단하는지 물었다. 나는 그녀가 만족할 때까지 칭찬했다. 내 생각에 그녀는 대화 시 극히 진실을 말하지 않고 다만 환상이 빚어내는 대로 윤색했으며 과거로 공중누각을 지은 것 같았다. 그 모든 속내를 털어놓았음에도 불구하고 그녀는 끊임없이 나를 향한 혐오심을 인식하는 솔직함 같은 게 있었다. 그녀의 작별 인사는 절묘하게 정직했다. "친절하게 해 주셔서 우리 모두 정말 감사드려야 마땅하겠지요." 나는 그녀가 내 마음을 편안하게 해준 척할 수는 없지만 나를 그토록 진짜로 싫어하는 마음은 어느 정도 존중할 수 있었다. 아마 나와 친숙해지는 동안 가련한 천성은 나에 대한 별 시답잖은 관용 같은 것에 빠져들었을 것이다.

우리는 저녁에 시카고에 다다랐다. 나는 기차간에서 내려야 했다. 기차를 갈아타기 위해 우리는 단체로 버스에 올라타 다른 기차역까지 갔다. 시카고는 대단히 음울한 도시로 보였다. 시카고에 대화재가 났을 당시 복구에 6펜스를 기부했던 게 기억났다. 그리고 지금 커다란 주택들이 연달아 늘어선 거리와 편안해 보이는 시민들을 보고 있노라니 그 도시가 6펜스를 내게 돌려주거나 아니면 최소한 즐거운 저녁 식사를 대접하는 것이 마땅한 처사일 거라는 생각이 들었다. 하지만 돌려준다는 말은 한마디도 없었다. 나는 그 도시의 후원자였으면서도 3등실 대합실에 수용되어 있었으며 햄과 계란이 내 돈을 들여 먹을 수 있는 최고의 저녁식사였다.

시카고에서의 그날 밤만큼 녹초가 된 적이 없었다고 해도 과언이 아니리라. 출발할 때가 되자 나는 몽유병 환자처럼 승강구를 내려왔다. 차량 끝에서 끝까지 불이 켜져 있는 긴 기차였다. 차량을 따라가다 보니 차량마다 사람들로 가득 채워졌을 뿐만 아니라 넘쳐나고 있었다. 밴크로프트의 묵직하고 두꺼운 여섯 권의 책들이 들어 있는 나의 작은 여행 가방이자 배낭이자 무릎덮개가 두 배로 무거웠다. 열이 펄펄 끓었고 갈증이 극에 달했다. 하늘이 노래지고 머릿속이 캄캄해지면서 속이 울렁거렸다. 마침내 빈 좌석을 찾았을 때 나는 누더기 한 뭉치처럼 좌석에 털썩 주저앉았다. 세상이 저 멀리로 떠내려가는 것 같았으며, 의식은 안개 낀 밤의 길고 가느다란 양초처럼 점점 떨어지고 있었다.

의식이 조금 돌아왔을 때 아주 쾌활하고 낯빛이 발그레한 아담한 독일 신사가 내 옆에 앉았다는 것을 알게 되었는데, 어느 정도 술에 취한 듯 내게 쉴 새 없이 지껄이고 있었다. 대개 술 취한 사람이 그렇듯 말이다. 나는 대화를 이어가려고 최선을 다했다. 막연하게나마 마치 그 대화에 나의 의식이 달려있는 것 같았기 때문이다. 다른 여러 이야기들 중에서도 기차에 소매치기들이 있다고 하는 이야기를 들었다. 어떤 남자는 이미 40달러와 왕복 승차권을 도둑맞았다고 했다. 나는 말귀를 알아들었음에도 다음 날 아침까지 그 뜻을 제대로 이해하지 못했던 것 같다. 그리고 나는 그때 듣던 중 반가운 소리라고 대답했던 것 같다. 그가 또 무슨 말을 했는지는 잘 모르겠다. 그가 빠르게 지껄이던 소리, 알기 쉽게 하려고 온갖 손짓, 발짓을 동원하던 모습, 또 미소가 기억난다. 하지만 그 이상은 기억나지 않는다. 그리고 내가 얼마나 정신적으로 혼미한지를 똑똑히 보여줬을 거라고 짐작한다. 우선, 그가 의심을 품은 사람처럼 내게 이맛살을 찌푸리는 모습을 보았기 때문이다. 다음으로, 내가 영어를 잘 모른다고 여겼는지 독일어로 말하려고 했기 때문이다. 그리고 마지막으로, 자포자기한 채 일어서더니 나를 떠났기 때문이다. 원통한 기분이 들었다. 하지만 더 질질 끌기에는 결정적으로 심신이 몹시 지쳤기에 나는 좌석에서 가능한 한 길게 몸을 쭉 뻗어 즉시 인사불성이 되도록 잠에 빠져들었다.

아담한 독일 신사는 "만찬을 마친" 뒤 좀 더 구석으로 들어갔을 뿐, 여정이 지속되는 동안 작정하고 주연에 빠졌다. 내가 일생에 도움이 안 되자 다음 타자로 캐나다에서 온 또 다른 이민자를 선정하였다. 그 이민자 역시 나만큼이나 지친 사람이었다. 그뿐만 아니라 다음날 아침에 대면했을 때 알아냈듯이, 그는 정상적인 상태에서도 말수가 별로 없는 진중한 사람이었다. 그에게 여러 화제로 말을 건네본 뒤 아담한 독일 신사는 잔뜩 성이 나서 한두 마디 욕설을 퍼붓고는 더욱 활기 넘치는 사람을 찾아 그 차량을 떠나버린 것으로 보였다 아, 불쌍한 신사 같으니! 아마 그는 이민자를 외국 브랜디 한 병과 길고 웃기는 이야기로 그 순간 마음을 구슬릴 수 있는 천진난만하고 자유로운 영혼을 가진 사람이라고 여겼던 것 같다.

목요일―여행에는 피로의 주기가 있는 게 틀림없는 것 같다. 다음 날 아침에 일어났을 때, 나는 완연히 기운을 되찾았고 미시시피강 중류의 벌링턴에서 고소한 우유와 커피와 핫케이크를 곁들인 죽으로 아침 식사를 푸짐하게 먹었다. 딱 한 가지 언급할 만한 일을 제외하고는 또다시 기나긴 하루의 여정이 뒤따랐다. 크레스턴이라고 불리는 곳에서 술 취한 남자가 탔다. 그는 지나치리만치 살갑게 굴었지만 영국적인 개념에 따르면 기차에서 조금도 꼴사납지 않았다. 한 역에서 그는 역무원들이 알아채지 못하도록 교묘하게 피했다. 그러나 우리가 다음 역에서 막 내리려 하고 있을 때 크롬웰이라는 별칭의 차장이 다가왔다. 한두 마디 대화를 나누었다. 그러더니 역무원이 남자의 어깨를 잡고 좌석에서 홱 잡아당기고는 차량 사이로 걸어가 선로로 냅다 집어 던졌다. 그 행동은 송곳으로 구멍을 뚫듯 정확하게 세 가지 동작으로 마쳐졌다. 기차는 점차 속도를 내기 시작했지만 여전히 천천히 움직이고 있었기에 주정뱅이는 넘어지지 않고 똑바로 발을 디뎠다. 그는 붉은색 보따리를 갖고 있었다. 뺨만큼 붉지는 않지만 말이다. 그는 공중에서 한 손으로 그 보따리를 위협적으로 들었고, 다른 한 손은 등 뒤의 콩팥 부위로 살며시 움직였다. 그것은 내가 처음으로 연발 권총의 표적이 되었다는 것을 가리켰으며 나는 여러 감정이 들면서 주시했다. 차장은 엉덩이에 한 손을 대고 계단에 서서 그자를 돌아보고 있었는데 아마 그자를 속이는 태도였을 것이다. 주정뱅이가 더 이상의 소동 없이 돌아서서는 선로를 따라 비틀거리며 자리를 떴기 때문이다. 차량에서는 크롬웰을 향한 웃음소리가 한바탕 터져 나왔다. 그들은 내 주위에서 모두 영어로 말하고 있었지만 나는 내가 이 국땅에 있다는 것을 알았다.

그날 밤 8시 40분에 우리는 미주리강 동쪽에 있는 카운슬 블러프즈 근처의 환승역에 내렸다. 여기서 우리는 이민자들을 위해 별도로 마련된 여행자 쉼터 같은 곳에서 밤을 보내기로 되어 있었다. 하지만 나는 호사를 누리고 싶다는 열망을 이기지 못하여 기차간 사람들에게서 빠져나와 소지품을 갖고 유니언퍼시픽호텔로 걸어갔다. 유럽식으로 보자면 잔심부름도 하는 호텔의 구두닦이라고 불려야 하겠지만, 어쨌든 백인 직원 한 명과 흑인 직원 한 명이 마치 은행 직원들처럼 계산대 뒤에 자리를 잡고 있었다. 그들은 내 이름을 받아 적고 방 번호를 배정하고는 짐꾸러미들을 처리하기 시작했다. 그리고 여기서 줄다리기가 벌어졌다. 나는 짐꾸러미들을 안전하게 맡겨놓고 싶었지만, 아직 잠자리에 들고 싶지는 않았다. 그런데 이것은 미국의 호텔에서는 불가능해 보였다.

그것은 당연히 어리석은 오해였고, 내가 미국식 언어에 익숙하지 않은 데서 비롯된 것이었다. 두 나라가 같은 말을 쓰고 같은 책을 읽을지언정 소통은 사전으로 이루어지는 것이 아니다. 일상적인 용무는 단어로 이루어지는 것이 아니라 관용구 속에서 이루어지는데 관용구는 제각기 특별하고 거의 은어와도 같은 의미를 갖고 있다. 카운슬 블러프스에서는 나와 흑인 사이에 국적이 다른 데서 오는 언어의 모호함이 팽배해 있었다. 그래서 내가 요청하는 것은 나에게는 아주 자연스러운 일이었지만 그에게는 어처구니없는 요구였던 것이다. 그는 거절했는데, 그것도 명백하게 서부식으로 거절했다. 미국인의 업무수행 방식은 처음에는 유럽인들에게 매우 불쾌해서 받아들이기가 쉽지 않다. 우리가 어떤 사람에게 직업적인 면에서 접근할 때, 또 그것이 그가 밥벌이를 하는 일이라면 우리는 일단 그를 우리가 고용한 하인으로 여긴다. 하지만 미국인의 관점에서는 두 사람이 만나 그들이 흔쾌히 동의한다면 서로 호의를 교환할 요량으로 친근한 대화를 나눈다. 어느 쪽이 더 편리한지도, 또 어느 쪽이 진짜로 정중한지도 나는 알지 못한다. 영국인의 경직성은 불행히도 특정한 거래가 끝난 후에도 계속되는 경향이 있으며, 따라서 계급 간의 분리를 선호하게 된다. 하지만 다른 한편으로는 그렇듯 명백하게 평등주의를 주창하다 보면 하급 관리에게 거만함을 키울 길을 터주게 된다.

혹인의 거절에 신경질이 난 나는 빈정대면서 분노를 터뜨렸다. 그러면서 미국 호텔의 방식에 대해 아무것도 모르지만 문제를 일으키고 싶지는 않다고 했다. 당장 잠자리에 드는 것 외에 달리 도리가 없다면 내 습관은 아니지만 순순히 따르겠다고 말했다.

그가 갑자기 웃음을 터뜨렸다. "아! 아메리카에 대해 모르시는군요. 아메리카 사람들은 좋은 사람들이에요. 오! 그들을 무척 좋아하게 될 거예요. 하지만 화를 내선 안 됩니다. 이제 손님이 뭘 원하는지 알겠어요. 저와 함께 가시죠."

그리고는 계산대 뒤에서 나와 오래 알고 지낸 사람처럼 내 팔을 잡고 호텔 술집으로 안내했다.

그가 내 어깨를 밀며 말했다. "자, 가서 한잔하세요!"

이민 기차

여태껏 나는 각양각색의 사람들로 북적이는 기차를 타고 내내 이동했는데, 그곳에서 네덜란드 홀어미와 그 자식들, 또 테이블에 새로 등장한 아담한 독일 양반을 만날 수 있었다. 나는 잠재적인 이민자일 뿐으로, 이제 다시 한번 동료들과 분리될 터였다. 백여 명이 넘는 다른 사람들과 함께 앞으로의 여정을 위해 분류되고 가두어지기 위해 "이민자 쉼터" 앞에 다다르게 된 것은 금요일 오후 두 시쯤이었다. 한쪽 팔 밑에는 지팡이를 짚고 다른 한 손에는 명단을 든 백발의 관리가 우리 앞에 거리를 두고 서서 명령조로 차례차례 이름을 불렀다. 이름이 불릴 때마다 하나의 가족 단위가 짐보따리들을 들고 모여 우리를 기다리며 서 있는 세 대의 칸 중 제일 뒤쪽 칸으로 달려갔다. 얼마 안 가 나는 이것이 여자들과 아이들을 위해 별도로 마련된 칸이라고 결론지었다. 두 번째, 즉 가운데 칸은 혼자 이동하는 남자들에게 바쳐진 것이었고, 세 번째 칸은 중국인들을 위한 것임이 밝혀졌다. 그 관리는 조금이라도 지체하면 불끈 화를 냈다. 하지만 이민자들은 이름이 불릴 때마다 재빨리 대답했으며 신속히 소지품을 들고 탑승했다.

일단 가족들이 수용되면 우리 남자들은 예의고 뭐고 없이 두 번째 칸에 동시다발적으로 몰려들어 자리를 차지했다. 나는 독자 여러분이 미국의 철도 객차에 대해 어느 정도 개념을 갖고 있을 거라 여긴다. 평지붕으로 된 노아의 방주처럼 길고 비좁은 나무 상자에 양쪽 끝에 난로 하나와 화장실 하나가 있으며, 딱 한가운데에 통로가 있고 양쪽에 가로로 놓인 좌석들이 있다. 유니언퍼시픽철도*행 이민자들의 차량은 조금도 꾸밈이 없이 날것 그대로라는 점만이 주목할만 하다. 어떤 부분이든 구조에 목재만 들어갈 뿐이며, 램프는 타오르고 있는 동안에도 종종 불이 꺼지거나 희미하게 깜빡이며 꺼져가기에 대체로 별 효과가 없다. 좌석들은 어린아이만 빼고는 앉기에 너무 짧았다. 한 사람이 눕기

*1862년에 창설된 미국의 철도회사로 아이오와에서 서쪽으로 철도를 건설했으며 1869년에 노선이 접속되어 최초의 대륙횡단철도가 형성되었다.

에도 공간이 비좁은 것은 물론이거니와 두 사람이 앉아서 팔꿈치를 제대로 움직일 수도 없었다. 따라서 환승역의 요금표에서 알 수 있듯이 철도회사는, 아니 더 정확히 말하자면 철도회사의 직원들은 여행자들을 수용하기 위한 더 나은 계획을 구상해냈다. 그들은 짝을 이루도록 설득했다. 짝꿍 각자에게는 판자 하나와 안에 짚으로 채워진 세 개의 네모난 면 방석을 팔았다. 좌석은 둘씩 짝을 지어 서로 마주 보도록 만들어져 있었다. 뒷면은 뒤로 돌릴 수 있기 때문이다. 밤이 다가오면 좌석마다 판자들이 놓여졌다. 그러면 좌석은 두 사람이 충분히 앉을 정도로 폭이 넓어지고 보통 키의 남자 한 명도 누울 수 있을 정도로 길어졌으며, 짝꿍들은 머리는 화물칸을 향하고 발은 엔진 쪽을 향해 방석 위에 나란히 누웠다. 기차가 만원일 때는 당연히 이 계획이 불가능했다. 좌석마다 하나 이상이어서는 안 되기 때문이다. 또한 짝꿍끼리 서로 동의하지 않으면 실행될 수 없었다. 그리하여 짝꿍끼리 서로 동의하도록 하는 마지막 조건을 성사시키려고 백발의 관리는 지금 분발하고 있는 것이었다. 그는 대단히 적극적인 진행자로 유력한 커플을 소개하며 심지어는 각자가 얼마나 붙임성이 있고 정직한지를 보증하기도 했다. 행복한 커플들이 많아질수록 그의 주머니는 더욱 두둑해졌다. 침상의 원재료를 파는 사람이 바로 그였기 때문이다. 판자 하나와 짚방석 세 개의 가격은 2.5달러에서 시작했지만 기차가 떠나기 전에—이런 말을 해서 유감스럽지만—또 내가 구입한 지 한참 후에는 1.5달러까지 떨어졌다.

그 중매쟁이는 나로 인해 어려움을 겪었다. 어떤 숙녀분들처럼 어쩌면 어떻게 해서든지 결합하려는 모습을 너무 열성적으로 보였을 수도 있다. 하지만 나와 잠자리를 같이 쓰도록 뽑힌 첫 번째 사람은 분명 고맙다는 인사도 없이 영예를 사양했다. 그는 늙고 육중하고 느릿느릿 말하는 남자로 뉴잉글랜드 지방 출신인 것 같았는데 나를 아주 소심하게 이리저리 훑어보더니 더듬더듬 변명하기 시작했다. 그는 나를 알지 못한다고 말했다. 내가 매우 정직할 수도 있겠지만 그걸 어떻게 알겠냐고 했다. 그러면서 기차에서 벌써 또 다른 젊은이를 만났는데, 그 젊은이가 정직하다고 생각된다며 대체로 그와 짝이 되면 좋겠다고 했다. 이 모든 말을 하면서 어떠한 사과도 없었다. 마치 내가 그 자리에 없거나 생명이 없는 것처럼 말이다. 나는 모두가 하나 같이 나와 함께 있는 것을 거절하면 안 되기에 슬슬 조바심이 나기 시작했다. 그러면 거부당한 채로 남겨지는 것이다. 하지만 다음 차례는 키가 크고 건장하고 팔다리가 길고 머리는 작고 곱

슬머리인 독일계 펜실베이니아 사람으로 군인다운 멋진 태도를 지니고 있었다. 정확히 말하면 해군에서 체득한 것이었다. 하지만 그런 건 아무래도 좋았다. 그는 적어도 단호하게 결심하는 훈련을 받아왔기에 우리가 짝이 되는 것을 수락했으며, 백발의 협잡꾼은 우리에게 "부부의 연을 맺은 것을 축복한다"고 선언하고는 수수료를 챙겼다.

오후의 나머지 시간은 기차가 출하 준비를 하는 데 보냈다. 얼마나 많은 수하물 차량이 엔진의 뒤를 이었는지 말할 수 없을 정도였다. 족히 스무 칸은 되어 보였다. 그런 다음 중국인이 탔고, 그다음에는 우리가, 그다음에는 가족 단위가 탔다. 그리고 내가 똑바로 기억하고 있다면, 승무원실이라고 부르는 차량이 맨 끝에 섰다. 당연히 내가 속한 등급에 사람이 가장 많았다. 이를 테면 양측에 넘쳐났다고나 할까. 그러니 중국 사람들 사이에 백인들도 있고 가족들 사이에 독신남들도 있게 되었다. 하지만 우리가 탄 칸은 뒤죽박죽 섞이지 않은 채 순수하게 우리 등급만 있었다. 백일해에 걸린 여덟아홉 살쯤 되어 보이는 사내아이 하나만 제외하면 말이다. 마침내 여섯 시쯤 기다란 기차가 환승역에서 슬금슬금 나와 광대한 미주리강을 건너 서부의 오마하로 향했다.

차량 안에서 보내는 밤은 이만저만 불편한 게 아니었다.

하늘에서 천둥소리가 나자 우리는 불안해서 안절부절못했다. 한 남자가 코넷을 꺼내 여러 곡조를 연주했다. 어느 곡조도 크게 관심을 받지 못하다가 "즐거운 나의 집"을 연주하기에 이르렀다. 그 순간 대화가 끊기며 사람들의 입이 길쭉하게 벌어지기 시작하는 모습을 보고 있노라니 참으로 묘했다. 현 상태에서 그 곡을 연주하는 것이 좋은 것인지 나쁜 것인지에 대해서는 잘 모르겠지만, 인정사정없이 인간의 감정을 공략하는 종류의 예술에 속한다는 것만은 더할 나위없는 묘사일 것이다. 비애도 위엄있게 다루어야 슬픔이 완화된다. 만약 우리가 "즐거운 나의 집"을 만든 사람처럼 애처로움에 흠뻑 젖어있다면 우리는 듣는 이들로 하여금 남자답지 못하게 흐느껴 울도록 할 것이다. 그리고 감동에 젖어 가슴이 뭉클한 순간조차도 스스로를 경멸하고 자신들이 나약해지는 경우를 혐오하게 될 것이다.

그날 밤 눈물을 짓지는 않게 되었다. 실험이 중단되었기 때문이다. 꼭 은퇴한 노예 상인에게서나 보일 법한 정서를 지닌 외모의 염소수염이 달린 완고해 보이는 어르신이 흠칫 놀라 돌아서며 연주자를 향해 "빌어먹을 것"을 당장 때려치우라고 명령했다. "그 정도면 충분히 들었소. 이제 우리가 가고 있는 좋은 나라에 대한 곡을 좀 들려주시오." 그가 덧붙였다. 차량에서 동의한다는 말들이 술렁거렸다. 연주자는 입술에서 악기를 빼내 웃으며 고개를 끄덕이고는 춤곡을 연주하기 시작했다. 그리고 새로운 티모테오스*처럼 즉시 그가 불러일으킨 감정을 가라앉혔다.

날이 저물고 램프가 켜졌다. 거칠어 보이는 젊은이 일행이 뒷 승강구에 서서 아주 듣기 좋은 목소리로 "주님의 변치 않는 사랑"을 노래하고 있었다. 젊은이들은 다음 날 저녁 노스플레트에서 내렸다. 짝꿍들이 침상을 펴기 시작했다. 마치 그날의 용무가 끝난 것처럼 보였다. 하지만 그렇지 않았다. 기차가 어떤 역에서 정차하자 그 즉시 차량이 토박이들로 붐볐기 때문이다. 아내들과 아버지들, 젊은이들과 하녀들이었으며, 그중 일부는 잠옷바람이나 마찬가지였고 일부는 랜턴을 들고 있었다. 그리고 또다시 그들 모두에게 침상을 팔려고 내놓았다. 요금은 방석 하나당 25센트로 시작되었지만 기차가 다시 움직이자 판자까지 거저 주며 15센트로 떨어졌다. 내가 환승역에서 지불했던 금액의 5분의 1도 채 되지 않는 가격이었다. 이것이 바로 내가 미래의 이민자들의 가정 경제에 공헌한 것이었다.

*Timotheus of Miletusc(BC 446~357). 그리스의 음악가이자 시인. 흔히 "새로운 음악"의 대명사로 쓰인다.

아메리카의 기차에서 유명인사는 신문팔이 소년이다. 아이는 책과(그렇다, 책이다!) 신문, 과일, 막대사탕, 시가를 팔았다. 이민자들을 태우고 이동하는 기차에서는 비누, 수건, 양철 세숫대야, 양철 커피 주전자, 커피, 차, 설탕, 주로 다진 고기나 콩, 베이컨이 든 통조림을 팔았다. 다음 날 아침 일찍 신문팔이 소년은 차량을 돌아다녔고, 사람들에게 더욱 친근하게 대할수록 주문이 활발해졌다. 침상을 운영하는 데는 2인 1조가 필요하지만 씻고 먹는 것은 3인 1조로 해야 가장 경제적으로 진행될 수 있었다. 나는 해가 뜨고 난 조금 후에 씻고 먹는 것으로 합의를 보았는데, 독일계 펜실베이니아 사람, 셰익스피어, 더뷰크 사람이 3인 1조가 되었다. 셰익스피어는 기차간에서 나의 별명이었다. "펜실베이니아"는 나와 한 침대를 쓰는 짝꿍이었으며, "더뷰크"는 아이오와주에 있는 도시명을 딴 사람의 별칭이었다. 더뷰크는 붙임성 있는 젊은이로 천식을 치료하러 서부로 가고 있었는데 끊임없이 껌을 씹거나 담배를 피우면서 회복을 늦추고 있었으며, 때로는 껌을 씹으면서 동시에 담배를 피우기도 했다. 나는 담배가 그렇게 형편없이 남용되는 것을 본 적이 없다. 셰익스피어는 양철 세숫대야를 샀고, 더뷰크는 수건을, 펜실베이니아는 비누를 샀다. 우리는 처음 일어난 순서에 따라

차례대로 이 도구들을 썼고, 셋 다 볼일을 다 마치고 나면 빌리는 사람들이 적지 않았다. 각기 난로 맞은편의 물 여과기에서 양철 세숫대야를 채우고는 수건과 비누를 들고 차량의 승강구로 갔다. 그곳에서 어깨를 목조부에 기대거나 한쪽 팔꿈치를 난간 둘레에 구부린 채 꿇어앉아서 자세를 바꾸어가며 얼굴과 목과 손을 씻었다. 차갑고 불충분한 데다 기차가 빠른 속도로 질주할 때는 다소 위험한 세수였다.

우리 3인조, 즉 펜실베이니아, 셰익스피어, 더뷰크는 서로 비슷하게 비용을 나눠 커피와 설탕, 필요한 용기들을 구입했다. 우리의 운용방식은 모든 기차간에서 이루어지는 방식이었다. 해가 떠오르기 전에는 난로가 환하게 타올랐다. 첫 번째 역에서 토박이들이 우유와 계란, 커피와 함께 먹는 작은 케이크들을 들고 탔다. 그리고 얼마 안 가 기차간 끝에서 끝까지 침상 판자에는 작은 조찬회로 가득 채워지곤 했다. 하루 중 가장 즐거운 시간이었다.

그렇지만 길가에서 밥을 먹어야 할 때도 있었다. 아침에는 아침밥을, 11시에서 2시 사이에는 제일 든든하게 먹는 점심밥을, 그리고 저녁 5시에서 8시 또는 9시 사이에 잠자리에 들기 전에 저녁을 먹었다. 밥을 20분 내로 먹는 일은 거의 없었다. 게다가 만약 수 마일에 걸쳐 펼쳐진 사막의 측선에서 종종 급행열차를 기다리며 또 다른 20분을 여러 번 보내지 않았더라면, 우리는 매 식사마다 한 시간이 걸렸다 해도 샌프란시스코에 정시에 도착했을 것이다. 서두르는 것은 이민 기차에서 단점이 아니기 때문이다. 많은 사람들 사이를 뚫고 지나갈 때 욕을 먹는 것은 감수해야 한다. 지나가지 못하게 막는 것이 있다면 서슴없이 희생해야 한다. 그리고 그 결과 사람들은 여정이 하루가 걸릴지 그 이상이 될지 예측할 수 없는 것이다. 정중함이 우리에게는 가장 큰 위안인데 그게 아쉽다. 아메리카에서는 대체로 다 평등할 거라고 상상했음에도 저 아래의 이민자에게까지 확장되지는 않았다. 따라서 다른 모든 기차에서 "전원 탑승!"이라는 경고음은 승객들로 하여금 좌석에 앉는 것을 떠올리게 한다. 하지만 내가 이민자들과 홀로 있게 된 바로 그 순간, 또 환승역에서 샌프란시스코로 가는 내내 나는 그 격식이 무시된다는 것을 알았다. 기차는 경고음 없이 역에서 슬금슬금 움직였기에 우리는 식사 중에도 기차에서 눈을 떼면 안 되었다. 짜증 나는 일은 상당히 많았으며, 결례를 범하는 일은 악의적이면서도 사소했다.

자, 다시 차장 이야기로 돌아가 보자. 여러 차장들은 이민자와 소통하려 들지 않을 것이다. 어느 날 차장에게 기차가 몇 시에 정차해서 저녁을 먹을 수 있을지 물었다. 아무 대답도 하지 않자 나는 질문을 반복했다. 결과는 마찬가지였다. 세 번째로 다시 쏘아붙이자 그때서야 거드름 피우던 하급 관리는 몇 초 동안 내 얼굴을 쌀쌀맞게 쳐다보다가 여봐란 듯이 허세를 부리며 외면했다. 나는 그가 자신의 만행에 그나마 좀 부끄러워했다고 믿는다. 다른 사람이 나와 같은 질문을 했을 때 여전히 알려주기를 거부하긴 했지만, 거들먹거리며 대답했고 심지어 내가 들을 수 있을 정도의 큰소리로 자신이 말수가 적다는 것을 정당화하였기 때문이다. 그는 사람들에게 식사 장소를 말하지 않는 것이 자신의 원칙이라고 말했다. 한 번 대답하면 여러 다른 질문들이 쏟아지기 때문이란다. 예를 들어 지금 몇 시인가요?라든가 언제쯤 도착할까요?와 같이 걱정할 필요가 없는 질문들을 끝도 없이 해댄다는 것이었다.

그렇듯 상부와 단절되어 있으므로 우리는 신문팔이 소년의 성격에 의존하며 크게 위안을 삼았다. 아이는 이민자의 운명을 더욱 좋고 밝게 할 수 있는 힘을 무한정 갖고 있었다. 환승역에서부터 우리와 함께 출발했던 신문팔이 소년은 사악하고 허세 부리고 업신여기고 버릇없는 건달로 우리를 개처럼 취급했다. 실제로 그 녀석의 경우 거의 싸울 뻔한 사태까지 간 적이 있었다. 경위는 이렇다. 그 녀석은 몇 가지 물품을 팔려고 기차간을 돌고 있었으며 침상 판자에서 (우리가 하는 두 종류의 게임인) 세븐업과 카지노 게임을 하며 앉아있는 일행에게 다가가서는 판자 위에 놓여있는 카드 한가운데에 담뱃갑을 아무렇게나 내던지는 바람에 한 사람의 카드가 바닥으로 흩어졌다. 최후의 결정타였다. 그 순간 전 일행이 일어서며 담배가 엎어졌다. 녀석은 "얼른 꺼져! 아니면 네 놈한테 무슨 일이 일어날지 장담 못 해"라는 명령을 들었다. 녀석은 툴툴거리며 작은 소리로 불평하였으나 급히 자리를 떴으며 향후에는 공개적으로 무례한 짓을 하는 일이 줄어들었다.

한편 오그덴에서 새크라멘토까지 이 정원으로 우리와 함께 탄 사내아이는 만인의 친구로 여러 소식과 관심거리, 도움을 주었으며 상냥한 얼굴이었다. 우리에게 언제 어디서 끼니를 때울 수 있는지, 기차가 얼마나 더 가야 멈추는지를 말해주었으며, 늦게 오는 사람들을 위해 식탁에 자리를 잡아두고, 우리가 뒤처지는지 또한 불필요하게 서두르지나 않는지 지켜보았다. 고국에서 편하게 사는 사람은 이런 도움이 얼마나 대단한 것인지 별로 깨닫지 못할 것이다. 그 사내아이가 밝은 얼굴과 공손한 말씨로 기차마다 오가는 모습을 생각할 때면 착한 사람은 다른 사람에게 참으로 쉽게도 은인이 될 수 있다는 것을 알았다. 어쩌면 그 아이는 스스로에게 불만족스러웠을지도 모르고, 어쩌면 야망에 시달렸을지도 모른다. 이런! 만약 아이가 자신이 베푸는 행동이 옛 그리스 우표에 나오는 영웅과도 같다는 것을 알았더라면 좋으련만. 또 그 아이는 몇 푼의 이윤을 얻으려고, 게다가 그것도 과도하게 이윤을 얻는다고 생각하지만, 사실 진정한 일을 하고 있는 것이고 세상을 더 좋게 만들어가고 있는 것이다.

이쯤에서 또 다른 신문팔이 소년과 직접 겪은 이야기를 해야겠다. 이 이야기가 무례하면서도 인정 있는 미국인에 대한 아주 좋은 본보기가 되기 때문에 말하는 것이다. 새로이 미국 땅에 상륙한 사람에게는 어쩌면 가장 당혹스러운 성격일 것이다. 그 일은 내가 이민 기차를 떠난 직후에 일어났다. 나는 죽음의 문턱을 오가는 환자처럼 안 좋아 보인다는 말을 들었다. 이 긴 여정이 그만큼 나를 뒤흔든 것이었다. 나는 기차간 끝에 앉았는데 손잡이가 망가져 있었다. 열이 나고 속이 메스꺼워 공기를 쐬려고 열어둔 문을 발로 지탱하고 있어야 했다. 이런 자세로 있게 되자 신문팔이 소년의 상품 상자가 나의 다리에 걸리게 되었다. 나는 그가 오는 것을 보고 서둘러 그가 지나가도록 했다. 하지만 책에 빠져 있었던지라 한두 번은 다가오는 것을 알아차리지 못했다. 그러한 경우 그는 아주 무례하게 내 발을 한쪽으로 치워버렸다. 그리고 마치 길을 텄다는 것을 보여주려는 듯 사과했음에도 한 마디도 대답하지 않았다. 나는 몹시 화가 났으며 다음번에는 언성이 높아지지 않을까 싶었다. 그런데 별안간 내 어깨 위로 어떤 손길이 느껴졌다. 그리고는 과즙이 줄줄 흐를 것 같은 큰 배가 하나 내 손에 놓여졌다. 신문팔이 소년이었다. 내가 아파 보이자 마음씨 곱게 그 선물을 건넨 것이었다. 남은 여정 동안 그는 나를 아픈 어린아이처럼 다정하게 어루만져 주었다. 신문도 빌려주었다. 따라서 신문 판매에 대한 정당한 이익을 얻지 못하였는데도 계속해서 내 곁에 와 앉아 기운을 북돋워 주었다.

네브래스카 평원

금요일 밤에는 천둥이 쳤지만 토요일에는 구름 한 점 없이 해가 떴다. 우리는 네브래스카 평원의 바다에 있었다. 이 외에는 달리 적절한 표현이 없다. 나는 과일을 실은 차량 꼭 대기에 몇 시간씩 걸터앉아 주변을 둘러보며 어떤 새로운 것을 찾으려고 헛되이 시간을 보냈다. 그곳은 거의 아무런 특색도 없는 세상이었다. 텅 빈 하늘, 텅 빈 대지. 지평선 끝에서 끝까지 앞뒤로 길게 펼쳐져 있는 철길. 마치 당구대를 가로지르는 당구채 같았다. 사방으로 푸른 평원이 하늘 끝까지 닿아 있었다. 철길을 따라 왕관만 한 야생 해바라기들이 무수히 화단을 이루며 피어 있었다. 멀리 떨어진 거리 어디서나 대초원 위에서 풀을 뜯어 먹는 가축들이 축소된 모습으로 보였다. 그리고 이따금씩 철길 옆에 박혀 있는 점들이 점점 더 가까이 다가갈수록 나무로 만든 오두막들로 더욱더 뚜렷하게 변한다는 것을 알 수 있었다. 그런 다음 우리가 지나가면 점점 작아지다가 이윽고 주변환경 속으로 녹아들었으며, 우리는 다시 한번 당구대 위에서 혼자가 되었다. 기차는 달팽이처럼 결코 가 닿을 수 없는 아득히 먼 곳으로 힘겹게 느릿느릿 움직였다. 그리고 움직이고 있는 게 단 하나여서 우리가 탄 기차가 얼마나 거대한 규모를 차지하고 있는지 생각하니 경이로웠다. 기차는 엄청나게 길어 보였으며 어느 쪽 끝이든 지평선에서 한 발짝 내의 거리에 있는 것만 같았다. 내 육신이나 머리조차도 그 텅 빈 곳에서는 커다란 것으로 보였다. 다른 이들의 경험에서 읽은 것과는 정반대의 느낌이었으므로 나는 그 느낌에 더욱 즉각적으로 주목했다. 밤낮으로 기차가 굉음을 내며 달리는 동안 우리의 귀는 메뚜기들이 쉴 새 없이 찌르르르 우는 소리에 사로잡혔다. 셀 수 없이 많은 벽시계와 손목시계의 태엽을 감아올리는 것 같은 소음이었는데 시간이 조금 지나기 시작하자 그 땅에 알맞은 소리 같았다.

증기기관차를 타고 서둘러 가는 사람은 이 훤히 트인 허공과 이 광활한 대기, 이 온통 둥그렇게 펼쳐진 하늘, 이 막힘없이 곧게 뻗은 지평선을 발견하고 한껏 들뜨게 된다. 그럼에도 옛날 그곳을 지나가던 이들의 피로함에 대해 생각하지 않을 수 없다. 그들은 황소들의 걸음걸이에 맞추어 도달할 수 없는 석양 외에는 아무런 이정표도 없이 힘겹게 황소들을 재촉하고 몰았으며, 매일같이 동일한 걸음걸이로 서둘렀다. 그들에게는 앞지를만한 것이 아무것도 없었을 것이다. 앞으로 얼마나 가야 할지 추정할 만한 것도 없었을 것이다. 휴식을 취하거나 기운을 북돋울 만한 광경도 보이지 않았을 것이다. 내딛는 걸음마다 발밑에는 녹색의 불모지와 조롱하며 도망가는 지평선만이 보였을 것이다. 하지만 내가 들은 바와 같이 눈은 여기에서도 차이를 찾아내었다. 그리고 최악의 상황에 이민자가 와서 불굴의 인내심을 가지고 뼈 빠지는 노역을 치렀다. 결국 우리가 경탄할 만한 사람들은 당연히 정착민들이다. 우리는 살아가면서 어떤 것을 의식하는데, 의식이란 것은 그 자체가 다양성의 산물일 뿐이다. 그런 불모의 땅에서 무엇을 먹으며 연명할까? 이 어마어마한 단조로움 속에서 일생을 보내는 인간에게 어떤 생활이 보답해줄까? 책도, 뉴스도, 벗도, 지루함을 덜어주는 어떤 존재로부터도 단절되어 그는 오직 자신의 일만을 수행했으리라. 별이 빼곡한 하늘은 그가 바랄 수 있는 제일 다채로운 구경거리이며, 8킬로미터를 걸어도 아무것도 볼 수 없었으리

라. 16킬로미터를 걸어도 한 발짝도 움직이지 않은 것 같았으리라. 32킬로미터를 걸어도 여전히 동일하게 광대한 수평면에 있었으리라. 시야에 들어오는 하나의 대상에 조금도 가까이 다가갈 수 없었으리라. 바로 그가 발걸음을 내디딜 때마다 계속해서 보조를 맞추는 평평한 지평선 말이다. 우리는 집에서 벽지를 어떤 것으로 해야 좋을지에 대한 문제에 온통 정신을 팔며, 현명한 사람들은 마음을 달래는 환경이 성질을 진정시킬 수 있다고 생각한다. 하지만 네브래스카 정착민에 대해서는 무슨 말을 할 수 있을까? 그의 것은 극단적인 벽지이다. 즉, 세계의 한 구역이 황량함 속에서 발가벗겨져 있는 것이다.

그의 눈은 겉으로 오목하게 보이는 세상의 모든 것을 한눈에 아우를 수 있어야 한다. 눈은 광대한 전망 앞에서 기를 못 펴고 머나먼 거리로 인해 괴로워진다. 그런데다 쉴 곳도 피신할 곳도 없기에 이윽고 오두막으로 달려가야 하며, 가까이에 있는 것들을 보아야 휴식을 취할 수 있다. 그래서 이렇듯 텅 빈 평원에는 특이한 눈병이 돈다고 들었다.

그럼에도 해바라기와 매미, 여름과 겨울, 가축, 아내와 가족이 있으므로 정착민은 충만하면서도 다채로운 생활을 만들어냈을 것이다. 내가 평원에서 본 적어도 한 여자는 모든 면에서 자신의 운명보다 한 수 위인 것으로 보였다. 중간역에서 탑승한 여자로 우유를 팔고 있었다. 상당히 건강한 상태였으며 용모가 아주 어여뻤다. 안색이 보기 드물 정도로 고왔고 검은 두 눈동자는 한결같이 상냥했다. 그녀는 존경스러울 정도로 기품 있게 우유를 팔았다. 얼굴에는 주름 한 줄 없었으며 사근사근하고 나른한 목소리에는 선율은 없었지만 자신의 삶이 전적으로 만족스럽다는 것을 증명하고 있었다. 그러한 여자를 불쌍히 여기는 것은 어리석은 오만일 터였다. 그런데 그녀가 사는 곳은 내게는 거의 섬뜩한 곳 같았다. 모양과 크기가 거의 똑같은 십여 채가 안 되는 나무로 만든 집들이 철길을 따라 세워져 있었다. 집은 저마다의 부지에 따로 떨어져 있었다. 하나하나가 마치 진짜 당구대인 것같이 다른 당구대와 곧바로 맞닿아 있는 곳에 기성품의 집들이 놓여있었다. 내가 들여다본 그녀의 집은 깨끗했으나 아무것도 없이 텅 비어 있었으며, 타오르는 난로만 빼고는 집다운 구석이 전혀 보이지 않았다. 이렇듯 극도로 새로운 것은, 특히 그토록 적나라한 평지의 지역에서는 인위적인 느낌을 강하게 준다. 인간의 삶은 조금도 어질러지거나 퇴색되지 않았으며 길은 닳지 않았고 사람들은 여전히 집을 짓느라 도끼질로 땀방울을 흘리고 있다. 이러한 정착촌은 꼭 연극의 무대장치인 것처럼만 보인다. 마음은 그것을 현실의 한 부분으로 받아들이기를 꺼린다. 또한 몇 채 안 되는 집과 몇 안 되는 아이들과 어른들이 그토록 텅 빈 마을에서 어떤 오락거리로 삶을 꾸려갈 수 있는지 도무지 믿기지가 않는다.

어떤 면에서는 그곳이 아직 불완전한 사회라는 게 지극히 당연한 일이다. 또는 적어도 내가 거쳐 오면서 보았듯이 한 사람이 불완전하게 문명화되었다는 점을 포함하고 있다. 그날 저녁에 밥을 먹었던 노스 플레트에서 한 남자가 다른 남자에게 우유병을 건네 달라고 부탁했다. 그 다른 남자는 옷을 잘 차려입었으며 우리가 소위 품위 있다고 부를만한 외모였다. 거무스름한 얼굴에 고성으로 말했으며 마치 사교계의 관례가 온몸에 배어있는 양 식사를 하고 있었다. 하지만 그는 처음에 말한 사람, 즉 우유병을 건네 달라고 한 사람을 향해 놀라울 정도의 분노 섞인 말투로 이렇게 말했다.

"웨이터가 있잖소!" 그가 소리 질렀다.

"우유를 좀 건네 달라고 했을 뿐입니다." 첫 번째 남자가 해명했다.

그러자 그가 말 그대로 다음과 같이 쏘아붙였다.

"건네 달라고? 젠장! 난 그런 일을 하는 사람이 아니오. 봉급 받는 웨이터가 괜히 있는 줄 아시오? 식사 자리에서 예의범절을 차려야지, 이런 젠장, 내가 그것까지 가르쳐줘야겠소!"

상대방은 매우 현명하게도 아무 대답도 하지 않았으며, 그 불한당 같은 작자는 아무 일도 없었다는 듯 저녁식사를 계속했다. 언젠가 그도 곧 자신과 같은 부류의 사람을 만나게 될 거라는 생각을 하니 그제서야 기분이 풀렸다. 그러면 둘 다 위신이 땅에 떨어질 테니 말이다.

와이오밍 사막

평원을 가로지르다 보면 점점 산이 그리운 병에 걸린다. 나는 얼마 안 가 진입하게 될 와이오밍의 블랙힐즈*를 봄에 얼음장에서 고래를 잡는 사람처럼 애타게 갈망하였다. 하지만 아아! 슬프게도 그곳은 다른 어떤 곳보다도 더 못한 지역이었다. 일요일과 월요일 내내 우리는 이 슬픈 산맥이나 로키산맥의 산등성이 너머로 이동하였는데 그곳의 비참한 면과 아주 잘 어울렸다. 몇 시간째 계속해서 앞으로 나아가는 길은 하나같이 다 고약하고 불편했다. 굴러떨어진 바위들과 절벽들은 황량한 유적과 요새의 형태를 띠고 있었다. 얼마나 황량하고 얼마나 풍취가 없는지 본 적이 없는 사람

---

*미국 사우스다코타주와 와이오밍주에 걸쳐 있는 산악군群.

은 말을 할 수 없다. 나무 한 그루도, 풀밭 한 뙈기도 없었으며, 위풍당당한 산의 형세라고는 조금도 찾아볼 수 없었다. 산쑥, 불모지에서 많이 자라는 산쑥들만 끝없이 이어졌다. 전체적으로 따분하고 음울한 빛깔이 어디나 펼쳐졌다. 잿빛이 갈색으로 물들어가고, 잿빛이 점차 검은빛을 띠고 있었다. 생명의 유일한 흔적이라고는 군데군데 달아나는 영양들이 좀 있을 뿐이었다. 놀라운 간격을 두고 협곡 여기저기서 개울이 흐르고 있었다. 평원에는 고유의 웅장함이 있기 마련이다. 하지만 이곳은 빈약하게 뒤틀린 곳 외에는 아무것도 없었다. 맑고 활기찬 공기를 제외하고는 좋은 환경이 하나도 없었다. 신이 버린 땅이었다.

　나는 줄곧 건강 때문에 상당히 고생하고 있었다. 그리고 마침내 불평하는 것도 지쳤든 아니면 길가의 간이식당에서 유해한 음식을 먹었든 라라미*를 떠나던 그 날 저녁 대놓고 병이 났다. 그날 밤을 나는 쉽사리 잊을 수 없으리라. 램프들은 꺼지지 않았다. 저마다 주위에 희미한 빛을 드리웠으며, 그림자들은 차량의 길고 텅 빈 칸에서 서로 뒤섞여 있었다. 잠든 사람들은 불편한 자세로 누워 있었다. 이쪽에는 두 짝

*와이오밍주 동남부의 도시.

꿍이 죽은 사람들처럼 등을 평평하게 대고 나란히 누워 있었다. 저쪽에는 한 사람이 얼굴을 팔에 괴고 바닥에 벌러덩 누워 있었다. 저기 또 다른 사람은 머리와 어깨를 좌석에 반쯤 걸친 채였다. 미동도 없는 사람은 기차가 움직일 때마다 끊임없이 거칠게 흔들렸다. 다른 사람들은 아이들처럼 팔을 휘젓거나 돌리거나 기지개를 쭉 켰다. 잠결에 얼마나 많이 신음하거나 중얼거리는지 놀라웠다. 바닥에 엎어져 있거나 코를 골거나 헐떡거리며 가쁜 숨을 쉬거나 무슨 말인지 알아들을 수 없는 말을 지껄이는 사람들을 앞뒤로 건너가면서 나는 쉴 없이 움직이는 차량에서 휴식이란 게 얼마나 소용없는 것인지를 알 수 있었다. 날씨가 쌀쌀했지만 창문을 열 수밖에 없었다. 공기가 너무나 안 좋아져서 숨 쉬는 게 가뜩이나 힘들었기 때문이다. 바깥에서 희미한 밤중에 확실한 형태가 없는 시커먼 언덕들이 지칠 줄 모르고 휙휙 지나가는 것이 보였다. 아침이 오기를 나보다 더 간절하게 바란 사람은 없었을 것이다.

그렇다 하더라도 날이 밝으면 늘상 지리멸렬하고 보기 흉한 세상의 한 구역을 비추고 있을 뿐이었다. 수 마일을 가도 나무 한 그루도, 새 한 마리도, 강줄기 하나도 없었다. 오직 불모의 기나긴 협곡에서 기차가 경적을 빵—하고 울려 쉬고 있는 메아리를 깨울 뿐이었다. 그 기차는 모든 게 죽은 땅에서 단 하나의 생명체였다. 인간과 자연이 마비된 땅에서 주시하기에 알맞은 유일한 배우이자 유일한 구경거리였다. 나는 어떻게 철길이 이 건조한 황야와 미개한 부족이 출몰하는 곳을 뚫고 나아가고 있는지, 또 지금은 동부 연안에서 금문해협까지 한 이민자당 12파운드를 받고 운반하고 있는지 생각하게 되었다. 어떻게 매 단계마다 황금과 욕망과 죽음으로 가득 차 아무런 준비 없이 즉흥적으로 굉음을 내며 지은 도시가 갑자기 생겨났다가 다시 서서히 사라지며, 이제는 사막에서 길가의 역만 남아있는지에 대해 생각했다. 또 어떻게 이렇듯 황량한 곳에서 변발을 한 중국인 해적들이 변방의 불한당들과 유럽에서 온 실패자들과 함께 어울려 일했는지, 여러 사투리가 뒤섞인 채 주로 욕설로 대화하며 도박하고 술 마시고 늑대처럼 싸우고 살해했을지에 대해 생각했다. 또 어떻게 깃털 장식을 한 아메리카의 모든 세습 귀족이 이 마지막 요새에서 원주민인 적에게 마차를 몰고 가 "나쁜 약 마차"*의 비명을 들었는지를 생각했다. 그런 다음 이 모든 방대한 소란이 긴 프록코트를 입은 신사들에 의해 부와

*19세기에는 백인들이 인디언들을 죽이려고 의도적으로 "나쁜 약"을 퍼뜨렸다고 한다.

지속적인 파리 방문을 목적으로 행해졌을 뿐이라는 사실을 기억해냈을 때, 나는 마치 이 철길이 이 세상의 극과 극으로부터 모든 사회적 지위의 사람들을 한 장소로 끌어들여 어떤 위대한 작가에게 불후의 문학 작업을 위한 가장 열정적이고 폭넓고 다양한 주제를 제공한 것이 당대의 대표적인 업적이라는 생각이 들었다. 만약 그것이 우리가 필요로 하는 모험담이거나 대조법이거나 영웅주의라면, 이곳에 트로이 마을이 있은들 무슨 소용이 있겠는가? 아아, 슬프다! 필요한 것은 이러한 것들이 아니다. 호머*만 필요할 뿐이다.

이쯤에서 우리는 또한 기차에 고마워해야 한다. 우리로 하여금 이러한 어둠과 무수하게 숨은 위험을 재빨리 뚫고 나아가도록 하는 일종의 신이니까 말이다. 목마름, 굶주림, 인디언들의 날렵함과 흉포함이 이제는 더 이상 두려워지지 않기에 우리는 이처럼 공포스러운 땅을 아주 가벼이 스치듯 지나갈 수 있는 것이다. 허리케인을 뚫고 상어를 피해 안전하게 날갯짓을 하는 갈매기처럼 말이다. 그렇지만 과거의 이러한 고난을 잊어서는 안 된다. 그리고 내가 여정 중의 사소한 불편사항에 대해 어쩌면 필요 이상으로 불평해왔을

*그리스의 서사시인 호머의 『일리아드』는 배경 도시가 트로이이며, 『오딧세이』는 트로이 전쟁이 현장이다.

수도 있기에 균형을 똑바로 유지하기 위해 여기 원본 자료를 추가하겠다. 이 글은 호머가 쓴 게 아니라 이미 죽은 열한 살짜리 소년이 불과 20년 전에 쓴 글이다. 보다 읽기 쉽도록 하기 위해 구두점을 찍겠지만 철자를 바꾸지는 않을 것이다.

사랑하는 마리아 수녀님. 제 편지를 읽으면 혹시라도 정신을 놓을까 봐 걱정됩니다. 만약 제리(글쓴이의 큰 형)가 지금까지 수녀님께 편지를 쓰지 않았다면 우리가 지금 캘리포니아에 있고 불쌍한 토머스(열다섯 살의 또 다른 형제)가 죽었다는 소식을 듣게 되어 무척 놀라실 거예요. 우리는 7월에 출발했어요. 식량도 많이 갖고 왔고, 황소 한 쌍도 데리고 왔어요. 별 탈 없이 아주 잘 오고 있었답니다. 캘리포니아를 1000킬로미터 정도 앞둘 때까지는 말이에요. 그때 인디언이 우리를 공격했어요. 우리는 인디언들이 이민자들을 죽였던 곳을 발견했어요. 우리와 함께 간 아저씨가 한 명 있었는데 그 아저씨는 총도 여러 자루 갖고 있었고, 권총도 한 자루 있었어요. 그래서 우리는 갖고 있던 탄환을 모두 장전했고 즉각 손에 닿을 수 있도록 총들을 마차 위쪽에 걸어 놓았어요. 그때가 오후 두 시경이었어요. 소를 조금 떨어진 곳에 몰아넣었을 때 초원들꿩 한 마리가 마차에서 조금 떨어진 곳에 내려앉았어요.

제리가 초원들꿩을 쏘려고 총을 하나 꺼내 들었죠. 톰에게는 황소를 몰라고 말했고요. 톰과 저는 황소를 몰았고, 제리와 같이 간 아저씨는 앞서갔어요. 그러다 잠시 후 저는 톰을 떠나 제리와 그 아저씨를 따라잡았지요. 제리는 톰이 다가오도록 가던 길을 멈추었고, 저와 아저씨는 계속 걸어가서 작은 개울가에 앉았어요. 몇 분 안 되어 우리는 어떤 소리를 들었어요. 그러더니 세 발의 총성이 들렸고(제 생각에 그 총성은 모두 불쌍한 톰을 맞힌 거였어요), 그다음에는 전쟁을 방불케 했어요. 무려 스무 명이나 되는 인디언들이 우리를 공격했어요. 톰을 쏜 세 사람은 길가의 덤불 속에 숨어 있었어요.

저는 톰과 제리가 총에 맞았다고 생각했어요. 그래서 함께 간 아저씨에게 톰과 제리가 죽었다고 말하고는 우리도 가능하면 탈출하는 게 좋겠다고 했어요. 저는 신발을 신고 있지 않았어요. 많이 걸어서 발에 탈이 났기 때문에 신발을 신지 않는 게 좋겠다고 생각했었거든요. 아저씨와 저는 길을 따라 달려갔지만 얼마 안 가 조랑말을 탄 인디언 때문에 멈춰야 했어요. 그래서 우리는 다른 길로 가서 산허리를 오르기 시작하고는 삼나무 뒤에 숨어서 어두워질 때까지 거기에 있었어요. 인디언들은 우리를 샅샅이 찾으러 다녔는데 우리에게 아아-주 가까이 다가왔어요. 얼마나 가까이 왔던지 인디언들이 허리춤에 차고 다니는 작은 손도끼들이 짤랑거리는 소리까지 들을 수 있었어요. 어두워지자 아저씨와 저는 출발했고, 저는 나뭇가지들과 돌멩이들에 발가락을 찧었어요.

우리는 밤새도록 걸었어요. 다음 날 아침, 막 동이 떠오르기 시작할 때 남자처럼 보이는 형체를 보았어요. 남자는 풀밭에 바짝 엎드려 있었죠. 다가가서 보니 제리였어요. 제리는 우리가 인디언일 거라고 생각했대요. 저를 보고 얼마나 기뻐했는지 상상이 가시죠. 제리는 자기 빼고는 다 죽었을 거라 생각했대요. 우리는 제리와 톰이 죽었다고 생각했었고요. 제리는 초원들꿩을 쏘려고 마차에서 꺼낸 총을 갖고 있었어요. 제리가 가진 것이라고는 그 안에 든 장탄뿐이었지요.

우리는 여덟 시 경까지 계속 이동했어요. 두 남자가 탄 우마차 한 대를 따라잡았어요. 우리는 거의 하루 동안 그 사람들하고 같이 이동했어요. 그러다 우리는 멈췄고 그들은 계속 우마차를 몰고 갔어요. 우리는 그들이 우리보다 앞섰다는 것을 알고 있었죠. 죽지만 않았다면요. 그들을 따라잡았을 때는 발이 너무 아파서 우마차에 타야만 했어요. 한 발자국도 걸을 수가 없었거든요. 우리는 계속해서 여러 날을 이동했는데 소들을 소유한 그 사람들이 이제 소들이 꿈쩍도 하지 않는다고 말했어요. 그래서 우리는 소의 멍에를 벗겼어요. 우리는 약 30킬로그램쯤 되는 밀가루를 가지고 있었는데 밀가루를 꺼내 포대 네 개에 나눠 담았죠. 그 사람들은 각자 약 8킬로그램씩과 담요를 하나씩 나눠 가졌어요. 저는 베이컨과 말린 고기 약간, 조그만 누비이불을 갖고 다녔어요. 모두 합치면 대략 5킬로그램이 넘었지요. 우리는 하루에 0.5리터 정도의 밀가루를 먹도록 제한했어요. 어떤 때는 수프를 만들어 먹기도 했지요. 또 어떤 때는 팬케이크를 만들었고, 또 어떤 때는 찬물에 섞어서 말아먹기도 했어요. 12일에서 14일 정도는 이동했던 것 같아요. 그러다 드디어 어떤 곳에 도착해야만 하거나 아니면 굶어 죽어야 할 때가 왔어요. 그때 이제 막 새로 생긴 말과 소의 발자국을 보았어요. 아침이 되자 배낭에서 밀가루를 탈탈 털어 섞은 뒤 빵을 굽고 수프도 조금 만들어 모조리 먹어치웠어요. 그 후로는 아무것도 먹지 못한 채 온종일 이동했고, 그날 저녁에 양을 실어 나르는 여덟 대의 차량이 딸린 기차를 따라잡게 되었어요. 우리는 그 기차로 정착촌에 도착할 때까지 이동했어요. 저는 캘리포니아에서는 안전할 것이며, 좋은 집을 구하고 학교도 다니게 될 거라고 생각했어요.

제리는 일을 하게 되었어요. 좋은 나라지요. 요리사 일을 하면 50달러에서 60달러나 75달러까지 받을 수 있어요. 미합중국에서의 일에 대해 모두 말씀해주세요. 또 사람들이 모두 어떻게 어울려 지내는지도요.

기교 없이 간결한 이야기는 이렇게 끝을 맺는다. 그 남자아이는 다행히도 다시 학교에 다녔으나 형제는 사막에서 머릿가죽이 벗겨진 채 누워 있었다.

동료 승객들

　　오그덴*에서 우리는 유니언퍼시픽에서 센트럴퍼시픽 철도로 차량을 바꾸어 탔다. 차량을 바꾸니 갑절로 좋았다. 우선, 새로운 노선의 차량이 더 좋았으며, 다음으로 90시간 이상 비좁고 갑갑한 곳에 갇혀있었더니 지독한 악취가 나기 시작했기 때문이다. 가령 저녁을 먹는다든지 하면서 좀 떨어진 곳에 갔다가 돌아왔을 때 우리의 콧구멍은 역한 공기로 인해 몹시 괴로웠다. 나는 온 기차가 선로를 바꾸는 동안 승강구에 서 있었다. 차량이 가까이오자 동물원에서 나는 냄새가 훅 풍겨왔다. 원숭이들이 아니라 사람들에게서 나는 냄새였는데 좀 더 시큼할 뿐이었다. 나는 우리가 열린

*유타주 북부의 도시.

창문들 덕에 인간이라는 생각이 들었다. 신선한 공기가 없다면 영국 표준 영어를 놀랍도록 구사하는 훌륭한 영어 실력과 나쁜 생각만으로도 딘 스위프트*가 그랬듯 또 하나의 부류를 만들어낼 것이다. 즉, 산에서 불쾌하게 흘끔흘끔거리며 뛰어다니고 꼬리를 흔드는 인간 염소와 같은 부류 말이다. 나는 생각을 바꾸어 이 야후**와도 같은 이민 기차에서 야수적인 면보다는 인간적인 면을 찾으려고 최선을 다했다. 하지만 한 가지 꼭 말해야 할 것은 중국인들이 탄 칸이 확연히 불쾌하지 않았다는 점이다.

센트럴퍼시픽철도의 기차간은 거의 두 배나 높았고, 그에 비례해서 바람이 더욱 잘 통했다. 새로 칠을 해서 마치 우리가 목욕을 한 것 같은 청결한 느낌을 주었다. 좌석은 길어져 가운데에서 연결되어 있었다. 따라서 침상 판자가 더는 필요 없어졌다. 또 낮에는 집어넣고 밤에는 펼칠 수 있는 침상이 상단에 있었다.

이때쯤 되자 나와 함께 있는 사람들을 볼 기회가 생겼다. 그들은 대서양을 건너는 동안 배에서 만난 이민자들과는 상

---

*아일랜드 출신의 풍자작가, 성직자, 정치평론가로『걸리버 여행기』를 쓴 조너선 스위프트(1667~1745)를 말한다.
**『걸리버 여행기』에 나오는 사람의 모양을 한 짐승.

당히 대조적이었다. 주로 땅딸막한 사람들로 말수가 적거나 시끌벅적한 사람들이 섞여 있었다. 서글프게도 유머 감각은 아주 형편없었으며 동료 승객들에 대한 관심도 천박한 수준을 넘어서지 못했고 단지 외적인 호기심 외에는 거의 없었다. 만약 어떤 사람의 이름과 직업을 들으면 그것에 대한 수수께끼를 풀려는 용의를 가진 것으로 보였다. 하지만, 이름과 직업에 관해 열렬하게 알고 싶어 하는 만큼이나 나머지에 대해서는 털끝만큼의 관심도 없었다. 그중 몇몇은 그 사람의 이름이 딕슨이고 제빵의 장인이라는 사실을 알 때까지 궁금해서 어쩔 줄 몰라 했다. 하지만 그 이상은 아무래도 상관없었다. 즉, 그 사람이 가톨릭신자인지 모르몬교도인지, 멍청한지 영리한지, 난폭한지 상냥한지에 대해 도통 관심이 없었다. 그렇게 어리석지 않은 다른 사람들은 남의 이야기를 많이 하진 않았지만 별로 좋은 얘기는 하지 않았다.

다른 무엇보다 그들에게 인기 있는 재담은 어떤 망나니가 우리가 식사를 하고 있는 동안 "전원 탑승!"이라고 소리쳐 전반적으로 불편을 끼치는 것이었다. 그러한 사람은 언제나 기세등등하다며 크게 박수받았다. 와이오밍을 지나오면서 병으로 시달릴 때 나는 기차에 탄 사람들이 조그마한 웃음거리라도 얻고자 안달하는 인간의 새로운 면을 발견하고는 깜짝 놀랐다. 젊은이들 중 한 명은 아무렇지도 않다는 듯 나에게 폐를 끼치면서까지 흥겨워했다. 그것은 본성이 나빠서가 아니라 그저 얼간이 같이 생각할 능력이 없어서 나도 웃음에 동참하기를 바랐기 때문이었을 것이다. 나도 같이 웃어넘겼지만 겉으로만 즐겁게 웃어대는 척한 것이었다. 나중에 캔자스 출신의 한 남자가 세 차례 격렬한 간질 발작을 일으켰는데―당연히 그를 도와줄 사람이 없었던 것은 아니었지만―그의 병세가 동료 승객들 사이에 불러일으킨 것은 연민보다는 오히려 미신에 사로잡힌 두려움이었다. "오, 저 사람이 죽지 않았으면 좋겠어요!" 한 여자가 외쳤다. "사체가 있으면 끔찍하잖아요!" 그리고 그 남자를 다음 역에 내버려두고 가자는 움직임이 있었다. 이는 정말 다행히도 차장이 반대했다.

일부 사람들은 이야기를 상당히 많이 했으나 다른 사람들은 거의 침묵으로 일관했다. 다른 어느 집단에 있었을 때보다 더욱 이 집단에서 이야기를 즐기는 것 같은 유일한 이는 말하는 사람뿐이었다. 귀를 기울이며 경청하는 사람은 드물었다. 만약 다른 사람의 이야기를 귀담아 듣고 있다면 그것은 당장 자신의 이야기를 들어줄 사람이 필요하기 때문이었다. 기차가 어디까지 왔는지와 음식은 가장 일반적으로 다루어지는 주제였다. 많은 이들이 이 문제에 동참했으며 그 문제 외에는 잠자코 있었다. 삼삼오오 모여 있는 사람들에게 내게서 내 이름을 살살 캐내는 것보다 더 나은 심심풀이는 없었다. 그리고 그들이 더욱 캐내려고 하면 할수록 나는 더욱 완강해지며 점점 그들을 당황하게 만들었다. 그들은 내게 교묘한 질문을 던지거나 장차 어떻게 서신을 주고받을 수 있을지 음흉하게 공격했지만 나는 경계를 늦추지 않고 속으로 웃으며 그들의 공격을 받아넘겼다. 내가 만약 더뷰크 사람에게 비밀을 알려줬다면 틀림없이 내게 10달러를 줬을 것이다. 그가 세상 돌아가는 것을 안다면 내게 훨씬 더 많은 빚을 졌다는 것을 알게 되리라. 기차로 이동하는 내내 궁금해 죽도록 해줬으니 말이다. 몇 달 뒤 동료 승객 중 한 명을 만났다. 그는 샌프란시스코에서 전차를 운전하고 있었다. 그리고 이제는 때가 지난 농담이었기에 얕은 꾀를 쓰지 않고 그에게 내 이름을 말해주었다. 여러분은 아마 그보다 더 풀이 죽은 사람을 본 적이 없으리라. 하지만 내 이름이 "데모고르곤"*이었더라도 수수께끼가 너무 오래 지속되었기에 그는 여전히 실망했을 것이다.

*그리스 신화 이전의 원시적 창조의 신神. 마신, 혹은 마왕이란 뜻이다.

유럽에서 곧장 온 이민자들은 없었다. 한 독일인 가족과 엄숙하게 자기들끼리 지내는 콘월 출신 광부들 무리를 제외하고는 말이다. 하나가 쇠테 안경 사이로 온종일 신약성서를 읽으면 나머지는 먼 옛날 자신들의 신비로운 민족에 관한 비밀을 은밀하게 논했다. 헤스터 스탠호프 부인*은 콘월 사람들이 대단히 비범한 민족이라고 믿었다. 나로서는 전혀 이해할 수 없다. 바벨탑보다 더 오래되고 더욱 독창적인 민족의 구분은 이 폐쇄적이고 내밀한 일족을 이웃인 영국인들에게서 멀어지게 했다. 아메리카 인디언조차도 내 눈에는 그보다 더 낯설어 보이지 않는다. 이것이 바로 여행의 교훈 중 하나이다. 가장 기이한 민족들 중 일부가 고국에서 우리 옆집에 살고 있는 것이다.

나머지는 모두 아메리카 태생이었지만, 아메리카 대륙의 거의 모든 지역에서 왔다. 북부의 모든 주에서 나와 함께 평원을 건너는 도망자를 배출했다. 버지니아, 펜실베이니아, 뉴욕, 서부 아이오와와 캔자스, 캐나다 접경지역인 메인, 또 캐나다 본토의 사람들마저 한 두명은 더 나은 땅과 임금을 찾아 달아나고 있었다. 기차 안에서 그들의 대화는 증

*Hester Stanhope(1776~1839). 영국 사교계의 명사로 모험가이자 여행가로 콘월 출신이다. 말을 타고 시리아 사막을 가로질러 팔미라 폐허까지 횡단했다.

기선에서 들었던 대화와 마찬가지로 불경기와 식량공급 부족, 서부로 옮겨가는 데 대한 희망과 같은 것들이었다. 절망감으로 가득 찬 배를 타고 대영제국에서 달아나던 사람들이 생각났다. 그들은 3천 마일을 왔으나 아직도 충분히 멀리 간 것은 아니었다. 불경기는 그들을 클라이드에서 물러나게 했으며, 샌디 후크에서 그들을 맞이하고 있었다. 그들은 어디로 가야 하는 걸까? 펜실베이니아, 메인, 아이오와, 캔자스? 그곳들은 다른 나라에 살러오는 이민을 위한 장소가 아니라 다른 나라로의 이주를 위한 장소인 것으로 보였다. 그중 한 곳은 아니지만, 아무 고생한 보람도 없자 자신이 있던 고장을 박차고 떠난 남자를 한 명 알고 있다. 그리고 그들은 여전히 서쪽으로 달리고 있었다. 해가 동쪽에서 뜨듯 굶주림은 동쪽에서 비롯되었으니 서쪽으로 가면 저녁은 황금으로 된 음식을 먹을 수 있을 거라고 여러분은 생각할지도 모른다.

그러면 한편, 내 앞의 기차간에는 반대편 구역에서 온 50명의 이민자들이 있지 않은가? 굶주린 유럽인과 굶주린 중국인이 각기 끼니를 찾아 대문에서 쏟아져 나왔기에 이곳에서 대면하게 된 것이었다. 두 개의 물결이 만났으며, 동쪽과 서쪽은 비슷하게 실패했다. 황금을 찾아 온 세상을 시

굴한 뒤 부적당하다고 판단했다. 황금의 땅 엘도라도는 어디에도 없었다. 달로 이민 갈 수 있을 때까지는 인내심을 갖고 고향에 있는 게 더 나은 것으로 보였다. 또한 더욱 생생하면서도 더욱 낙담시키는 또 다른 조짐이 필요하지도 않았다. 우리가 황금의 땅을 향해 서쪽으로 증기기관차를 타고 나아가고 있을 때 동쪽으로 향하는 다른 이민 증기기관차들을 계속해서 지나치고 있었기 때문이다. 그리고 그 기차들은 우리가 탄 기차만큼이나 붐볐다. 기나긴 여정에서 돌아오는 사람들은 모두 광산에서 일확천금을 했을까? 그들 모두 파리로 가서 부활절까지 로마에 있게 될까? 그렇게 보이지는 않았다. 우리가 승객들을 지나칠 때마다 승객들이 승강구로 달려와 창문 사이로 우리에게 외쳤기 때문이다. 절규하는 합창처럼 "돌아오라"며 말이다. 네브래스카의 평원에서도, 와이오밍의 산맥에서도 가슴이 미어지는 "돌아오라"는 외침은 똑같이 여전했다. 그것이 바로 우리가 가는 도중에 들은 "우리가 가고 있는 좋은 나라"에 대한 것이었다. 그리고 바로 그 시간에 아이들이 운동하며 뛰노는 샌프란시스코의 공터는 실업자들로 붐볐으며, 마켓 스트리트의 맞은편에서는 정치 선동가가 열광적으로 되풀이하는 호언장담이 메아리치고 있었다.

만약 정말로 사람들이 이민하는 것이 단지 임금을 위해
서였다면 얼마나 많은 사람들이 그 거래를 후회할 것인가!
하지만 임금이란 사실 여러 가지 중에서 하나의 고려사항
일 뿐이다. 우리는 유랑자들이며, 사랑은 스스로 변하고 움
직이는 것이기 때문이다.

멸시받는 민족들

　모든 어리석은 악감정 중에서 중국인 칸에 탄 동료들을 향한 우리 백인들의 감정은 최악으로 어리석은 것이자 나쁜 것이었다. 백인들은 절대 중국인들을 쳐다보거나 그들의 이야기를 들으려 하지 않았고, 중국인들에 대해 생각해 본 적도 없으면서 "선천적으로" 증오하는 것 같았다. 몽골인들은 잔인하고 기만적인 돈의 전쟁에서 그들의 적이었다. 몽골인들은 여러 산업에서 일의 능률도 훨씬 좋은 데다 더욱 값싸게 부릴 수 있었기에 게을러빠진 백인들에게 몽골인들처럼 해낼 수 없다고 반복적으로 비방할 수도 없었으며 또 그런 비방이 먹혀들지도 않았다. 백인들은 몽골인들이 흉측한 해충이라고 선언했으며, 그들을 바라보면 숨통이 막힌다고 했다. 자, 정말로 어떤 젊은 중국 남자는 유럽의 많은 여성들과 너무나 닮아서 상당히 떨어진 거리에서 고개 들어 그 남자를 갑자기 언뜻 보게 되면 일순간 그 유사성에 깜빡 속아 넘어가곤 했다. 내가 말하는 것은 유럽 여자들 중에서 제일 매력적인 부류에 속한다는 게 아니라 많은 남자들의 아내가 덜 호감이 간다고 말하는 것이다. 자, 다시 말하지만, 이민자들은 중국인들이 더럽다고 딱 잘라 말했다.

나는 그들이 청결했다고 말할 수는 없다. 왜냐하면 이동 중에 청결은 불가능하기 때문이다. 그러나 청결함을 추구하는 그들의 노력은 우리를 부끄럽게 했다. 우리 모두는 통기가 안 되는 곳에 갇힌 채 돼지 같은 생활을 하는 치욕 속에서 날마다 승강구에서 얼굴과 손에 살짝 물만 묻히면서도 부끄러운 줄을 몰랐다. 하지만 중국인들은 결코 기회를 놓치지 않았다. 그들이—우리들 사이에서는 꿈도 꾸지 못할 행동인—발을 닦는 모습을 볼 수 있었고 공중도덕을 지킬 수 있는 한 온몸을 씻기까지 했다. 다른 사람보다 더 더러운 사람이 개인적으로는 단정함에 더욱 민감하다고 말할 수 있다. 깨끗한 사람은 배를 넣어두는 어수선한 창고에서도 옷을 벗는다. 하지만 씻지 않은 사람은 살갗에 걸친 옷을 벗지도 않은 채 침대를 드나든다. 끝으로, 몹시 더럽고 악취 나는 백인들은 중국인이 탄 칸만이 고약한 냄새를 풍긴다는 어이없는 착각을 즐겼다. 나는 이미 세 가지 차량 중에 중국인 칸만이 예외적으로 눈에 띄게 상쾌했다고 말한 바 있다.

이러한 판단은 미국 서부를 통틀어 전형적으로 느껴지는 바이다. 중국인들은 영어를 완벽하게 구사하지 못하기 때문에 약간 모자라 보인다. 훌륭한 손재주와 검소함을 갖췄음에도 사치스러운 백인들보다 낮은 임금에 동의할 수 있었기에 사람들은 그들을 천하게 여겼다. 사람들은 그들을 보고 도둑이라고 했다. 나는 도둑이란 말이 그들의 전유물이 아니라는 것을 확신한다. 사람들을 그들을 보고 잔인하다고 했다. 그렇다면 앵글로 색슨과 쾌활한 아일랜드인은 그러한 비난을 견디기 전에 각기 반성해야 한다. 자, 나는 또 그들이 해적 민족이며 청나라까지 지속된 중국 왕조에서 가장 멸시당하고 가장 위험한 부류에 속한다고 들었다. 만약 그렇다면 이곳에 얼마나 비범한 해적들이 있다는 말인가! 그리고 고국에 있는 그들보다 더 뛰어난 사람들은 얼마나 훌륭한 덕목과 근면성과 교양과 지성을 갖추고 있다는 말인가!

얼마 전에는 아일랜드인들이었는데 이제는 중국인들을 몰아낼 작정인가 보다. 통탄할 일이로다. 결국엔 어떤 나라도 침략에 굴복하지 않는 것처럼 이민에도 굴복하지 않는 것처럼 보인다. 저마다 백병전을 치르며, 어느 쪽의 저항도 정당한 방어일 뿐이다. 그럼에도 우리는 온갖 불행한 사람들을 쌍수 들어 환영한다고 표현하기를 좋아했던 공화국의 자유로운 전통에 대해 후회할지 모른다. 그리고 자유를 사랑한다고 믿는 사람으로서 나는 한 정치 선동가가 자신의 주장을 펼칠 때 자유라는 신성한 이름을 악용하는 것에 대한 쓸쓸함을 금할 길 없다. 샌프란시스코의 인기 많은 정치 선동가인 천박한 자가 아이들이 뛰어노는 공터에서 무기와 학살로 맞서자며 고함치는 소리를 들은 것은 며칠 전이었다. 선동가는 이렇게 말했다. "에이브러햄 링컨의 부름에 따라 여러분은 자유라는 이름으로 일어나 흑인들을 해방시켰습니다! 자, 다시 일어나 여러분 자신을 더러운 몽골사람들로부터 해방시키지 않겠습니까?"

나로 말할 것 같으면, 나는 중국인들에 대해 존경심에서 우러나오는 경이로운 눈길을 감출 수 없다. 그들의 조상들은 우리가 돼지를 치기도 전에 이미 천체를 관측했다. 얼마 전에 우리가 모방한 화약과 인쇄술, 그리고 모방하고 싶을 정도로 우리가 전혀 갖고 있지 못한 섬세한 예의범절을 그들은 이미 유구한 역사 속에 갖고 있었다. 그들은 우리와 더불어 땅을 걷지만 우리와는 흙이 다른 게 틀림없어 보인다. 그들은 똑같은 시각에 시계가 치는 소리를 듣는데도 우리와는 다른 시대의 소리를 듣는다. 그들은 증기 기관으로 이동하는데도 기관차의 경로를 멈출 만큼의 오래된 아시아의 사상과 미신을 한가득 싣고 간다. 만리장성 내에서는 어떤 것이든 생각할 수 있다. 눈을 찡그린 안경 쓴 교사가 북경 주변의 촌락에서 가르치는 것은 우리의 언어로는 따라잡을 수 없는 오래된 종교이며, 철학은 대단히 지혜로워서 우리의 최고의 철학자들이 그 속에서 경이로움을 찾아낸다. 이 모든 것들이 평원과 산을 넘으며 수천 마일에 걸쳐 내 곁에서 여행했다. 만약 우리가 그 길을 가는 내내 하나의 공통된 생각이나 공상을 품었는지, 또는 우리의 시선이 동일한 목적을 품고 철길 창문 바깥의 동일한 세상을 바라보고 있는지는 신만이 알 것이다. 그리고 우리 둘 중 어느 쪽이든 고향이라든가 어린 시절로 생각을 돌렸을 때 서로의 마음속에 얼마나 유사성이 없는 생소한 그림이 그려질까. 내가 강어귀 너머로 대영제국의 깃발이 휘날리며 붉은 외투를 입은 감시병이 도처에 보초를 서는 잿빛의 유서 깊은 성곽 도시를 생각하고 있을 때 옆 칸에 탄 중국인은 범선들과 탑과 도자기 명산지를 떠올리며 똑같은 애정을 품고 그것을 고향이라 부른다.

또 다른 민족이 동료 승객들 사이에서 중국인이 받는 혐오를 공유하고 있었다. 새삼스럽게 말할 필요도 없이 바로 고결한 아메리칸 인디언이다. 그들은 우리가 요즘 증기기관차를 타고 가는 대륙에서 대대손손 살고 있었다. 나는 거칠거나 독자적인 인디언을 본 적이 없다. 실제로 그들은 기차 근처를 피한다고 들었다. 하지만 이따금 남편과 아내와 아이들 몇 명이 문명의 쓰레기를 수치스럽게 걸친 채 밖으로 나와 정거장에서 이민자들을 말똥말똥 쳐다보곤 했다. 생각이 조금이라도 있는 사람이라면 말없이 스스로를 억누르고 있는 모습과 애처롭게 타락한 외모를 보고 마음이 아팠을 테지만 동료 승객들은 참으로 런던 토박이다운 저열함으로 그들 주위에서 날뛰거나 희롱했다. 나는 우리가 문명이라고 부르는 것이 부끄러웠다. 우리는 계속해서 이득을 취하고 있는 만큼 적어도 우리의 선조들의 잘못된 행위에 대해 양심을 지니고 살아야 한다.

만약 탄압이 어진 사람을 미치게 한다면, 이 가련한 부족의 가슴에 어떤 걷잡을 수 없는 분노가 휘몰아칠 것인가. 합중국이 서쪽으로 뻗어 나가는 동안 그들에게 약속된 보호구역은 줄줄이 한 발짝 한 발짝 뒤로 격퇴되었다. 그러다 이윽고 이 흉물스러운 사막 한가운데의 산속에 갇히게 되었다. 거기다 심지어는 불한당 같은 광부들이 그들을 침략하고 모욕하고 몰아내지 않았는가? 인디언 보호관들이 강요하여 (이름을 예로 들자면) 체로키족을 축출하거나, 사악하고 나쁜 신념을 가진 이들이 기차에서 나와 함께 타고 있는 가엾은 존재들을 조롱하기에 이른 것은 그러한 사람의 가슴 속 깊은 곳에 부정과 모욕의 한 장을 이루고 있기에 용서하거나 잊기가 괴로울 것이다. 독립적인 사람은 이렇듯 오래되고 뿌리 깊게 내린 역사적 증오심이 고결하다는 특이한 생각을 하게 된다. 유대인은 기독교인을 사랑해서는 안 되고, 아일랜드인 역시 잉글랜드인을 사랑해서는 안 되고, 인디언 전사는 아메리카에 이주한 사람들의 생각을 용인해서는 안 된다는 것은 인간의 본성에 수치스러운 것이 아니라는 것이다. 그것은 민족과 마찬가지로 아주 오래된 죄악에 기대는 것이지 사적으로 분노를 마음속에 품는 게 아니기에 오히려 명예롭다는 것이다.

금문해협을 향하여

얼마 안 가 유타주의 약간 후미진 곳을 횡단하였다. 마음에 특별히 인상이 남는 것은 없었다. 수요일 아침 일찍 우리는 네바다의 황량한 고원의 작은 역인 토아노에서 아침을 먹기 위해 정차했다. 간이식당을 운영하는 사람은 스코틀랜드 사람이었고, 나도 스코틀랜드 출신이라는 것을 알게 되자 아주 사근사근하게 대했으며, 내가 지금 들어가고 있는 지역에 대해 몇 가지 조언을 해주었다. "같은 고장에서 왔으니 말해주는 것이외다." 스코틀랜드 동포, 만세!

그가 말한 것 중에 가장 중요한 힌트는 이 지역의 돈에 관한 것이었다. 십진법 통화의 단순함 속에는 사람의 마음을 불쾌하게 하는 무언가가 있었다. 프랑스인들은 사소한 용무에서 반 페니짜리 동전도 엄격하게 계산했다. 그래서 우리는 16페니 반, 22.5페니 반, 또 심지어는 50페니 반을 낼 때에도 머리에 쥐가 나도록 암산해서 풀어야 한다. 태평양 연안에 있는 여러 주들에서는 그 복잡한 통화를 더욱 과감하게 밀어붙였으며, 더 이상 존재하지 않는 12.5센트와 같은 멕시코나 스페인의 옛 은화를 주화로 해결보았다. 옛 은화의 추정 가치는 12.5센트로 달러당 여덟 개였다. 25센트화는 은화 2개를 필요로 하는 액수가 된다. 그런데 홀수가 되면 어떨까? 홀수에 가장 가까운 주화는 10센트짜리 동전인 다임으로 5분의 1이 모자란다. 그래서 그것을 10센트짜리 소액화라고 부른다. 만약 10센트짜리 동전을 하나 갖고 있으면 의기양양하게 내놓으며 2.5센트를 절약할 수 있다. 하지만 10센트짜리 동전이 없다면 25센트짜리 동전을 내놓아야 하고 술집 주인이나 점원은 상냥하게 10센트짜리 동전을 거슬러준다. 따라서 우리가 지불한 것은 25센트짜리 동전으로 2.5센트를 손해 보거나 10센트짜리 동전을 내려놓았을 때에 비해 심지어는 5센트까지도 손해보게 되는 것이다. 태평양 연안 전역에 걸친 지역에서는 12.5센트보다 적은 돈을 요구하거나 받지 않는데 이는 생활비를 대폭 증가시킨다. 맥주 한 잔을 마신 경우에도 5펜스나 심지어는 7펜스 반 페니를 지불해야 한다. 상호 간에 오십보백보인 강도 같은 제도이다. 하지만 나는 그것을 좀 더 확장시킬 수 있는 방안을 발견하였는데 여기서 여러분에게 공개해드리겠다. 아주 단순하고 간단하다. 정말로 굉장히 간단하다. 5센트짜리를 인정하는 곳이 한 군데 있는데 바로 우체국이다. 25센트짜리 동전이 요점이다. 25센트짜리를 갖고 있을 때마다 우체국으로 가서 5센트의 값어치가 있는 우표를 사라. 그러면 10센트짜리 동전 2개를 거슬러 받을 것이다. 우리가 가진 돈의 구매력은 줄어들지 않는다. 언제라도 가서 맥주 두 잔을 마실 수 있다. 그리고 5센트의 값어치가 있는 우표도 덤으로 선물로 가질 수 있다. 내가 이것을 발견한 것을 알면 벤저민 프랭클린*이 장하다며 내 머리를 쓰다듬을 것이다.

토아노에서 우리는 온종일 알칼리성 토양지대와 모래사막을 헤쳐나가며 이동했다. 사람이 살기에 끔찍한 곳으로 헐벗은 산쑥지대는 조금도 쾌적해 보이지 않았다. 그러다 드디어 저녁식사 시간에 엘코에 들렀다. 우리는 우리 방식에 따라 역 바깥에 서 있었다. 나는 차량 밑에서 두 남자가 불쑥 뛰어나오는 것을 보았다. 그들은 그 지역을 가로질러 줄행랑쳤다. 전날 밤 11시부터 레일빔에 타고 있었던 부

---

*미국의 정치가, 외교관, 과학자. 100달러 지폐 속 인물이기도 하다. 칼 마르크스는 프랭클린을 가리켜 '신대륙 최초의 위대한 경제학자'라고 평했다.

랑자들로 보였다. 우리가 토아노에서 조반을 먹는 동안 동료 승객 몇 명은 이미 그들과 만나 대화까지 나누었다고 했다. 이곳 아메리카에서는 이렇듯 육지 밀항자들이 큰 부분을 차지한다. 그들과 친해졌으면 참으로 좋았을 텐데 그렇지 못해 아쉽다.

엘코에서 기이한 상황이 벌어졌다. 저녁을 먹고 나오다가 혈색이 좋은 땅딸막하고 건장한 사내가 내 앞을 가로막았다. 뒤에는 그보다 더 키가 크고 더욱 혈기가 좋은 사내 둘이 따라오고 있었다.

"실례지만 선생님. 혹시 지금 기차 타러 가는 길인지요?" 그가 말했다. 나는 그렇다고 했다.

그러자 사내는 내가 기차 타는 것을 그만두도록 설득하고 싶다고 했다. 그는 내게 제안할 것이 있다며 만약 우리가 합의를 본다면 대단히 좋을 거라고 했다. 그가 말을 이어갔다. "저는 이곳에서 극장을 운영하고 있는데 관현악단이 좀 모자랍니다. 선생님, 음악가 맞죠?"

나는 사내에게 가장 초보적인 "올드 랭 사인"과 "녹색 옷을 입고" 정도 외에는 어떤 것도 아는 체할 수 없는 수준이라고 했다. 사내는 크게 당황해하는 눈치였다. 그러자 사내와 함께 있던 키 큰 동료 중 한 명이 그에게 즉석에서 5달러를 요구했다.

키 큰 사내가 말했다. "보시다시피 선생님. 저 친구가 선생님이 음악가라는 데 5달러를 걸었거든요. 나는 그렇지 않다는 데 걸었지요. 기분 나빠하지 말아 주세요!"

"아뇨, 전혀요." 두 사내는 술집으로 물러났다. 내 생각에는 아마 그곳에서 빚을 청산했을 것 같다.

이 작은 모험은 등한시되는 상황에 처한 지역에 왔다고 생각하던 동료 여행객들에게 밝은 희망을 일깨웠다. 하지만 나는 그 제안이 선의였다고 그다지 확신할 수 없다. 사실인즉, 그저 내기를 결판지으려고 떠보는 것일 뿐이라는 게 나의 생각이었다.

다음날 있었던 일에 대해서는 아무 말도 하지 않을 것이다. 모든 이유 중에서도 가장 큰 이유로 내가 기억하는 것은 우리가 불같이 뜨겁고 지독히도 지루한 황량한 사막으로만 계속해서 나아갔다는 것이다. 하지만 그날 밤 잠든 지 얼마 후 동료 한 사람 때문에 잠에서 깨었다. 저항해봤자 헛수고였다. 그의 눈에서 위스키에 불이 붙은 듯 광적인 불길이 타오르고 있었다. 그는 우리가 새로운 고장에 왔다고 선언하였다. 나는 승강구로 나가 내 두 눈으로 직접 보아야 했다. 당시 기차는 특유의 느긋한 방식으로 선로 옆에 멈추어 있었다. 달빛이 밝은 맑은 밤이었다. 하지만 계곡은 달빛이 곧장 들이치기에는 너무 협소했으며, 희미하게 퍼진 빛만이 높은 암벽을 하얗게 비추며 칠흑 같은 소나무들을 도드라지게 하고 있었다. 쏴아 하는 요란한 소리가 대기를 가득 메웠다. 산맥들 사이 가까운 어딘가에서 연속적으로 폭포가 떨어지는 것 같은 소리였다. 공기는 쌀쌀했지만 상쾌하게 콧바람을 쐴 수 있었다. 맑고 건조하고 오래된 산의 기운이 느껴졌다. 나는 졸음이 쏟아졌지만 기분좋은 산의 정기를 가슴에 품은 채 다시 좌석으로 돌아와 잠시 앉아 있었다.

다음날 아침에 눈을 떴을 때, 빛이 예사롭지 않아서 낮인지 밤인지 한동안 어리둥절했다. 마침내 일어나 앉은 다음에야 산허리의 철도 선로 위에 설치해놓은 긴 눈사태 방지 설비를 뚫고 경사진 아래쪽으로 천천히 가고 있다는 것을 알았다. 그러다 별안간 탁 트인 곳으로 내던져졌다. 그리고 이어지는 나무 터널 속으로 빨려 들어가기 전에 왼쪽에서 광대한 소나무숲 골짜기와 물거품이 이는 강, 이미 타오르는 불길로 물든 새벽하늘을 얼핏 보았다. 나는 대체로 자연이 드러내는 모습에 매우 차분한 편이다. 하지만 그 광경을 보았을 때 여러분은 내 가슴이 얼마나 쿵쿵 뛰었는지 믿기 어려울 것이다. 마치 안사람을 만나는 것 같았다. 나는 다시 집으로 돌아온 것이었다. 흉물스러운 사막으로부터 살기 알맞은 푸른 대지가 있는 집으로 말이다. 언덕 꼭대기를 따라 뾰족뾰족하게 늘어선 소나무들과 산을 끼고 흐르는 송어가 사는 강들 모두가 내게는 혈연관계보다 더욱 소중했다. 나만큼 행복한 마음으로 하느님을 찬양하는 사람도 아마 거의 없었을 것이다. 그리고 그때부터 블루캐년, 알타, 더치플랫, 또 모든 오래된 광산촌을 지나 산림의 바다를 거쳐 우리가 갈수록 멀어지는 해수면 쪽으로 수천 피트의 급경사를 내려가면서 나뿐만 아니라 기차에 타고 있던 승객들 모두가 더러움과 더위와 피로를 벗어던지고 남학생들처럼 요란하게 소리 지르고 두 눈을 반짝이며 승강구에 몰려들었고 안팎이 모두 새로운 사람이 되었다. 태양은 이제 더는 숨 막힐 듯한 열기를 내리쬐지 않았다. 산허리를 따라 명랑하게 웃으며 빛날 뿐이었다. 우리는 크나큰 기쁨에 겨워 소리내어 웃었다. 굽이굽이 돌 때마다 그 나라와 우리의 행복한 미래를 더 멀리까지 내다볼 수 있었다. 마을마다 수탉들이 황금빛 대기 속으로 낭랑한 선율을 내뱉으며 새 날과 새 나라를 위해 꼬끼오하고 울고 있었다. 이것이 "진정한" 우리의 목적지였다. 이것이 우리가 그토록 오랫동안 가고 있던 "좋은 나라"였다.

오후 때쯤 우리는 옥수수 벌판 속 정원의 도시 새크라멘토에 있었고, 다음날 동이 트기 전에 샌프란시스코만의 오클랜드 쪽에 있었다. 선착장을 건널 때 여명이 밝아오고 있었다. 샌프란시스코의 도시화된 구릉지대 너머로 안개가 피어오르고 있었다. 만은 완벽했다. 탁 트인 푸른 바다에는 잔물결 하나 일지 않았으며 티끌 하나 없었다. 모든 것이 숨죽이고 태양을 기다리고 있었다.

타말파이어스산 꼭대기에 먼저 황금빛이 자욱하게 비친 다음 아래쪽으로 점점 넓어지며 맵시 좋은 어깨 위에서 빛났다. 대기가 깨어나는 것 같더니 반짝이기 시작했다. 그리고는 별안간,

"타이탄*이 발견한 높은 구릉지대"와,

샌프란시스코의 도시, 황금과 옥수수의 샌프란시스코만은 한여름 햇살로 구석구석 불붙고 있었다.

*제우스를 중심으로 한 올림포스 신들이 통치하기 전에 세상을 다스리던 거대하고 막강한 신의 종족으로 거신족이라 불리기도 한다.

  "나는 언제나 주머니에 책 두 권을 갖고 다닌다. 하나는 읽을 것이고 하나는 쓸 것이다." 언젠가 스티븐슨은 이렇게 말한 적이 있다. 1879년에서 1880년 사이에 스코틀랜드에서 캘리포니아까지의 여정을 기록한 이 책이 탄생하게 된 배경이다.

  1879년 8월 7일, 로버트 루이스 스티븐슨은 그리녹항에서 데보니아호에 탑승한다. 장차 아내가 될 열 살 연상의 유부녀인 미국인 패니 밴드그리프트 오스본의 이혼이 거의 완료되어 그녀를 만나러 캘리포니아로 가는 길이었다. 이때 스티븐슨은 주위의 만류에도 불구하고 19세기의 다른 이민자들과 마찬가지로 2등실 승객으로 격동의 대서양을 횡단한다. 노동자 계급이 실제로 어떻게 이민길에 나서는지 직접 겪어보기 위해서인데, 이 여정은 온갖 궁핍함과 비참함 속에서 이루어진다. 열흘 뒤인 8월 17일에 뉴욕에 도착해 리유니온 하우스에 머물고, 이튿날 캘리포니아로 가는 기차 여행을 시작한다. 이것이 바로 스티븐슨을 거의 죽음의 그림자가 드리워진 골짜기를 통과하면서도 쾌활한 행군을 이어가도록 한 『아메리카행 이민선』과 『대평원을 가로지르며』의 고난한 여정의 결과물이다.

스티븐슨은 2등실 승객이긴 했으나 실제로는 3등실 승객들과 가까이 지내며 가난하고 아픈 사람들뿐만 아니라 밀항자들과 직접 부대끼며 느꼈던 점들을 예리하게 관찰하여 때로는 유머러스하고 때로는 처절하게 기록한다. 가령 침상 마련이라든가, 음식 배급, 선원, 더 높은 등급의 배표 소지자들, 서로 다른 국적의 승객들, 오락거리, 아이들과 같은 세부사항들을 통해 풍부하고 다채로운 선상에서의 풍경을 그려낸다.

이 작품은 스티븐슨이 살아있는 동안에는 출간되지 못하다가 죽은 지 1년 후인 1895년이 되어서야 출간되었다. 스티븐슨이 소위 "거친" 사람들과 가까이 지내는 것은 중산층 계급인 친구들과 가족들의 정서에 충격을 주었으며, 출판사는 일부 구절이 불쾌한 부분을 지나치게 생생하게 묘사했다고 여겼고, 스티븐슨의 아버지인 토머스 스티븐슨 또한 책의 내용을 마뜩잖아해 인쇄본을 모조리 사들였었기 때문이다. 그러나 이 책은 빅토리아 시대 후반 잉글랜드에서의 계급, 인종, 성별이 복잡하게 혼합된 특징을 괄목할만하게 보여주고 있다. 비평가에 따라서는 스티븐슨이 당대의 어려운 사회적 조건에 자발적으로 정면으로 부딪쳤다면서 이 작품이 그의 가장 위대한 작품이라고 평하기도 한다.

스티븐슨은 이 여정을 통해 신대륙에 대한 낭만적인 시각을 바로잡는 계기가 되었다. 그는 "여러 해 동안 아메리카는 나에게 일종의 약속의 땅"이었다고 한다. 더욱이 여러 제약과 관습으로부터 해방된 요소까지 갖추고 있었으며, "삶의 전쟁이 여전히 탁 트인 곳에서 자유롭고 야만적인 조건에서 행해지는 것처럼" 보였던 것이다. 그러나 그가 관찰한 이민자들은 민주주의와 평등의 황금땅을 용감하게 찾아가는 혈기 넘치는 젊은이들이 아니었다. "우리는 거부당한 자들이었다. 술고래, 무능력자, 나약자, 난봉꾼으로 한 나라의 상황을 이겨낼 수 없어 측은하게도 지금 다른 나라로 도망치고 있는 것이었다.……우리는 배 한 척을 가득 채운 실패자들, 망가진 영국인들이었다." 열혈 청춘들이 신대륙의 문을 열어젖혀 새로운 대서사시를 쓸 거라 꿈꾸었던 스티븐슨은 차분히 가라앉은 다음 "동료 승객들을 보면 볼수록 서정적인 기록을 하고 싶은 마음이 가셨다."

공기가 통하지 않는 비참하고 비좁은 3등실에 가까운 방은 글에도 영향을 미쳐 결국 자연 풍광과 개인적인 성찰 이상의 것, 즉 사회적 비판에 날카롭게 참여하는 글을 쓰도록 한다. 사회적 비판의 물꼬는 당연히 "사람"을 통해서 튼다. 스티븐슨의 작품들 중에서 기행문과 에세이는 더하면 더했지 소설 못지않게 여러 인물 군상의 갤러리일 것이다. 그는 어디를 가든지 사람들을 "발견"했다. 그저 사람의 특징을 과장하거나 우스꽝스럽게 묘사한 캐리커처라든가 "구성의 장식 요소"로서 표현한 것이 아니라 사람들의 복잡성과 역설적인 면, 혹은 망가지고 있는 면을 의도적으로 설계했다. 그의 글에서 사람들은 비극과 희극이 뒤섞인 모습을 보인다. 그는 사람들을 관찰하는 것을 좋아했으며, 현명하든 어리석든 사람들이 나누는 대화가 그의 귀에는 음악으로 들렸다. 그리고 그중 가장 기묘하고 추한 사람이 그의 유능하고 애정 어린 손길로 화폭에서 일종의 은총을 입는다.

이 책은 사람들의 인생 하나하나에 대한 스케치들로 가득 차 있으며 어리석은 필멸의 인간들이 말하듯 불멸의 인간을 완벽하게 그려내고 있다. 예를 들어 "나의 훌륭한 친구

존스 씨"는 황금기름의 소유자이자 분배자이다. 그는 "언제나 꽃에 날아드는 벌처럼 발명품 주위에서 어슬렁거리며 특허권을 꿈꾸며 살았다." 한때 부자였지만 이제는 가난한 존스는 천성적으로 앞을 내다보는 능력을 갖추고 있었다. 그래서 "만약 내일 하늘이 무너진다면 나는 존스를 찾아갈 것이고 그날이 오면 사다리 위에 걸터앉아 적당하게 결말을 맞이할 것이다." 그중에서도 가장 눈여겨보아야 할 부분은 존스와 스티븐슨이 갑판을 걸어 다니며 몇 시간이고 이웃들을 낱낱이 분석하는 부분이다. 존스는 사람의 성격을 탐구하는 일인자이기 때문이다. "대화 중 어떤 기이한 인간의 특성이 무심코 튀어나올 때마다 여러분은 존스와 내가 서로 눈짓을 주고받는 모습을 볼 수 있었을 것이다. 그러면 우리는 그날의 경험을 서로 언급하고 토론하고 나서야 비로소 편안하게 잠자리에 들 수 있었다. 그때 우리는 그날 잡은 물고기를 비교하는 한 쌍의 낚시꾼 같았다." "바이올린 케이스를 갖고 다니며 행복을 전해주는" 바이올린 연주자도 있고, 또 냉소적인 토론자 맥케이도 빼놓을 수 없다. 그는 "먹는 것, 먹는 것, 먹는 것! 그게 전부!"라고 외치며 음식과 관련된 것 외에는 아무것도 쓸모가 없다고 단언하며 열변을 토하지만, 이 토론에 점점 흥미를 갖게 되어 시간이 흐르는 것도 알아채지 못하고 결국 차를 마실 시간도 놓치게 된다. 이 외에 모두가 좋아하는 사람으로 본성에 충실하고 행복한 아일랜드 남자 바니라든가 배에 탈 하등의 이유가 없이 고향에 좋은 집을 갖고 있는 병자도 있다. 또 서로를 무척 좋아하면서도 성격이 완전히 정반대인 두 밀항자에 관한 묘사라든가 사랑의 도피행각을 벌이는 한 커플에 대한 일화도 빼놓을 수 없다.

* * *

역설적이게도 비관론자들은 안락한 환경에서 태어나 건강 상태가 아주 좋은 사람들이다. 쇼펜하우어가 그 예라 할 수 있다. 그러나 낙관론은 종종 늪 속의 연꽃처럼 생겨난다. 로버트 루이스 스티븐슨이 바로 후자의 탁월한 예이다. 그의 낙천주의는 우울함과 슬픔의 깊이를 일별하면서 평생 함께했던 만성적인 육체적 고통의 경험에 바탕을 두고 있다. 그런데 그는 아주 희귀한 낙천주의자였다. 호탕하게 웃는 낙천주의자가 아니라 알쏭달쏭하게 소리 없이 씩 웃는 낙천주의자라고나 할까. 당연히 그의 인생철학은 스토이시즘과는 완전히 다르다. 금욕주의자들은 "쓴웃음을 지으며 참으라"고 하지만, 스티븐슨은 꼭 이렇게 말하는 것 같다. "한바탕 웃고는 잊어버려라." 그는 소크라테스나 토머스 칼라일처럼 도덕적인 서생이 아니었으며, 내면에서 예언자적인 사명의 목소리를 느끼지도 않았다. 그의 글의 미덕은 건전한 윤리성, 견고한 건강성에 있다. 신선한 공기는 흔히 사제가 향로를 흔드는 것보다 영혼에 더 좋은 법이다. 창문을 열면 상쾌한 바람이 들어오듯, 내면의 사춘기를 겪는 모든 이들에게 그의 글은 진지하고 도덕적인 여느 작품들보다 더욱 산뜻하고 건강할 수 있다.

우리에게는 『보물섬』과 『지킬 박사와 하이드 씨』와 같은 작품으로 소설가로만 알려진 스티븐슨은 영어권에서 가장 위대한 수필가 중 한 명으로, 수필 장르에서 대단히 독창적인 글쓰기를 하며 독자들에게 진정한 안식처를 제공하였다는 평을 듣는다. 또한 작가로서도 위대했지만 한 사람으로서도 여전히 위대했다. 검토할만한 성품이 되지 못하는 작가들에 의해 쓰여진 존경할 만한 책들이 너무나 많기에 일상적인 삶이 정신의 결실로 가득 차 있는 거장의 작품을 보면 우리는 기분이 상쾌해진다.

* * *

로버트 루이스 스티븐슨은 1850년 11월 13일 에든버러에서 태어났다. 아버지 토머스와 할아버지 로버트는 둘 다 등대 기술자로 유명했다. 외할아버지인 밸푸어는 도덕철학 교수였다. 따라서 어린 루이스 스티븐슨의 피에는 "빛과 진리"의 조합이 흐르고 있었으며, 이는 『지킬 박사와 하이드 씨』에서 위대한 도덕적 사상에 대한 빛나는 묘사의 형태를 띠며 나타난다.

스티븐슨은 평생 오랜 우환에 시달렸다. 어린 시절부터 폐가 약해서 가족들이 크게 걱정했다고 한다. "죽음은 빛나는 표적을 사랑한다"지만 암울한 궁수가 검은 화살을 집으로 쏘아보내는 데는 40년 이상의 지속적인 연습이 필요했다. 그의 건강이 나아지지 않은 것은 어쩌면 영국 문학에는 행운일지도 모른다. 소년은 활동적인 삶을 갈망했기에 아버지나 할아버지 같은 기술자가 되었을지도 모르기 때문이다. 그는 용감하게 그러한 직업적 소명을 물려받으려 했으나 체질상 불가능하다는 것을 알았다. 두서없는 학교교육을 받으며 방대한 양의 독서를 하고 에든버러 대학에 입학한 뒤 법률을 공부했다. 그 직업에 대한 생각이 점점 더 혐오스러워지고 마침내는 참을 수 없게 되긴 했지만 어쨌든 최종 시험까지 만족스럽게 통과했다. 1875년의 일이다.

병세가 호전될 수 있는 기후를 찾아 프랑스 남부 등지로 요양을 다니기 시작한 뒤로 에든버러로 돌아갈 때마다 스코틀랜드 특유의 습한 지역에서는 살 수 없다는 게 점점 더 확실해졌다. 그는 여러 문인들과 친분을 쌓으면서 작가가 되겠다는 불타는 야망에 사로잡혔다. 헨리크 입센의 『훌륭한 건축가』처럼 그의 피에는 북유럽 신화에 나오는 지하나 동굴에 사는 초자연적 거인인 "트롤"이 살아 꿈틀거리고 있었는데, 이는 그로 하여금 당나귀 한 마리와 외롭게 터벅터벅 걸어 다니게 하거나 카누를 타고 내륙을 항해하도록 이끈다. 이러한 경험들은 후에 눈부신 묘사와 날카로운 관찰, 억누를 수 없는 유머로 가득 찬 책을 쓰는데 크나큰 도움을 주었다. 그가 여러 잡지에 기고한 다양한 글들은 버지니아 울프의 아버지인 레슬리 스티븐과 같은 비평가들을 사로잡으며 즉각 타고난 문학 천재의 등장을 예고한다. 하지만 대중들로부터는 거의 관심을 끌지 못했으며, 필자 자신은 좋은 작품을 쓰겠다는 의지만을 갖고 있었다.

　　첫 번째로 성과를 거둔 작품은 1883년에 출간된 『보물섬』이다. 그러나 이 작품은 당시 그에게 상당한 수입도 일반적인 명성도 가져다주지 못하였다. 그에게 작가로서의 위대한 명성을 안겨준 것은 1886년에 출간한 『지킬 박사와 하이드 씨』였다. 이 작품은 특히 미국에서 즉각적이고 폭발적인 성공을 거두며 스티븐슨의 이름을 전 영어권에 알렸다. 같은 해에 『유괴』가 출간되었고, 또 다른 걸작인 『발란트래 경卿』이 1889년에 출간되었다.

스위스를 포함한 다양한 곳을 돌아다닌 뒤, 스티븐슨은 1887년 8월 다시 미국행 여정에 나섰다. 1887년에서 1888년 겨울, 그는 뉴욕주 동북부에 있는 휴양지인 사라나크 레이크에서 트뤼도 박사의 보살핌을 받으며 지냈다. 1890년에는 태평양의 사모아섬에 정착했다. 이곳에서 그는 치열한 문학 활동에 들어가는 한편 섬의 정치적 문제에 적극적으로 참여하며 내적인 개선에 도움을 줄 수 있는 소중한 시간을 내었다. 당시 사모아섬은 조국 영국이나 유럽 열강이 식민지 약탈 및 차별 대우, 부족끼리 이간질을 시켜 내전을 일으키는 등의 만행을 저지르고 있었다. 그리고 죽음은 바로 그가 바라던 대로, 그리고 정확하게는 위대한 에세이 『3구 놋쇠등』에서 찬란하고 장려하게 빛나는 마지막 문장들에서 무의식적으로 예언했던 것처럼 갑자기 닥쳐왔다. 그는 『세인트 아이브즈』를 쓰고 있었는데 구성이 점점 더 마음에 들지 않는 방향으로 나아가고 있으며 실제로 자신의 기호에 거스르는 작품을 쓰고 있다는 사실을 알게 되었다. 참을 수 없었던 그는 이 작품을 내던지고는 비상한 에너지와 열정으로 새로운 이야기를 쓰기 시작했는데『허미스턴의 둑』이 바로 그 작품이다. 비평가들은 완성할 수만 있었다면 빛나는 문체, 고결한 구상, 적확한 단어의 선택으로 인해 이 단편이 스티븐슨의 작품들 중에서 단연 1위를 차지했을 거라고 한다. 고열이 나는 와중에도 글쓰기에 여념이 없는 하루를 보내던 끝에 1894년 12월 3일 갑작스럽게 기절하여 의식을 회복하지 못하고 숨을 거두었다. 그는 산꼭대기에 묻혔다. 그의 육신은 충실한 사모아인들의 어깨에 실려 있었다.

"희망차게 여행하는 것이 목적지에 도착하는 것보다 좋다"는 그의 바람이 이루어진 것이리라.

옮긴이 윤사라

아메리카행 이민선

로버트 루이스 스티븐슨
윤사라 옮김

초판 1쇄 발행 _ 2019년 7월 22일

펴낸이 강경미 **｜ 펴낸곳** 꾸리에북스 **｜ 디자인** 앨리스

출판등록 2008년 8월 1일 제313-2008-000125호

주소 121-840 서울 마포구 합정동 성지길 36, 3층

전화 02-336-5032 **｜ 팩스** 02-336-5034

전자우편 courrierbook@naver.com

ISBN 9788994682358

이 도서의 국립중앙도서관 출판예정도서목록(CIP)은 서지정보유통지원시스템 홈페이지(http://seoji.nl.go.kr)와 국가자료종합목록 구축시스템(http://kolis-net.nl.go.kr)에서 이용하실 수 있습니다. (CIP제어번호 : CIP2019022018)